春园与鲁迅比较研究

权赫律 ◎ 著

吉林大学出版社
·长春·

图书在版编目（CIP）数据

春园与鲁迅比较研究 / 权赫律著. -- 长春：吉林大学出版社，2022.1
ISBN 978-7-5768-0562-8

Ⅰ.①春… Ⅱ.①权… Ⅲ.①近代文学 – 文学研究 – 对比研究 – 中国、韩国 Ⅳ.①I206.5②I312.606.4

中国版本图书馆CIP数据核字(2022)第174577号

书　　名：春园与鲁迅比较研究
　　　　　CHUNYUAN YU LUXUN BIJIAO YANJIU

作　　者：权赫律　著
策划编辑：张宏亮
责任编辑：殷丽爽
责任校对：甄志忠
装帧设计：雅硕图文
出版发行：吉林大学出版社
社　　址：长春市人民大街4059号
邮政编码：130021
发行电话：0431-89580028/29/21
网　　址：http://www.jlup.com.cn
电子邮箱：jldxcbs@sina.com
印　　刷：长春市中海彩印厂
开　　本：787mm×1092mm　1/16
印　　张：10.5
字　　数：160千字
版　　次：2023年8月　第1版
印　　次：2023年8月　第1次
书　　号：ISBN 978-7-5768-0562-8
定　　价：78.00元

版权所有　翻印必究

目　录

第一部

韩国的鲁迅研究 ··· 3
　一、绪论 ·· 3
　二、20世纪韩国鲁迅研究史概观 ··· 4
　三、结论 ·· 14

中韩现代文学起步阶段传统抑扬与外因接受 ····································· 16
　一、引言：中韩现代文学起步之背景 ·· 16
　二、鲁迅与春园：中韩现代文学的奠基者之一 ······························· 18
　三、鲁迅和春园的关系考证及对各自国家文学的影响 ··················· 24
　四、结语：鲁迅与春园比较研究的意义 ·· 27

第二部

第一章　春园与鲁迅比较研究的可行性 ·· 33
　第一节　研究课题与研究目的 ·· 33
　第二节　鲁迅在韩国的接受和比较研究史综述 ······························ 38
　第三节　研究方法与研究范畴 ·· 45

第二章 比较研究的预备考察 ………………………………… 49
第一节 春园与鲁迅文学传记的比较考察 ………………… 49
一、家庭的没落与"个人"的发现 …………………………… 49
二、步入社会与"民族"的发现 ……………………………… 55
第二节 文学思想的形成过程 ……………………………… 64
一、否定与生成的逻辑 ………………………………………… 64
二、近代文学的体验 …………………………………………… 76

第三章 文学作品的比较研究 ………………………………… 84
第一节 文学思想的分析与比较 …………………………… 84
一、近代文学的接受状况 ……………………………………… 84
二、民族改造思想的形成与发展 ……………………………… 94
第二节 文学作品的分析与比较 …………………………… 104
一、启蒙思想的形象化 ………………………………………… 104
二、农民和农村的发现 ………………………………………… 129
三、近代知识分子的形象 ……………………………………… 145

第四章 春园与鲁迅比较研究的意义 ………………………… 159\

作者附记 ……………………………………………………… 164

第一部

韩国的鲁迅研究[①]

一、绪论

20世纪中国伟大的文学家、思想家、世界文化巨人之一鲁迅,不仅在中国家喻户晓,在世界许多国家也享有盛誉,其作品在30多个国家有50多种文字的翻译版本[②]。鲁迅的盛名在韩国也不例外,鲁迅作品面世不久就受到韩国文人的关注,并通过各种形式介绍于韩国文坛。遗憾的是韩国的鲁迅研究,因众所周知的原因,在一段时期在国内没有获得一个详尽、系统介绍的机会。时至20世纪80年代,随着我国改革开放政策的深入贯彻和国际关系的缓和,这种局面才得以有所改观,出现介绍韩国学界翻译和研究鲁迅状况的一些文章[③]。然而,要做到系统、全面地介绍韩国的鲁迅作品翻译和研究,当时的国内外研究客观环境显然未能达到一个宽松和方便的程度。

如前所述,韩国对鲁迅的关注仅仅在鲁迅作品面世后几年里就已经启动,历经波折,取得了辉煌的成就。也就是说,韩国的鲁迅研究在20世纪就经历了一个起步、发展、受挫、再复兴的过程。本文拟以实证主义的研究方法,

---

[①] 权赫律. 韩国的鲁迅研究[J]. 东吴学术, 2016(04):52-58.

[②] 戈宝权,《鲁迅的世界地位与国际威望》,见《鲁迅研究学术论著·资料汇编 5》,中国文联出版社(1985),1226页。

[③] 范业本,《鲁迅在朝鲜》,《鲁迅研究年刊》,1981。
李政文,《鲁迅在朝鲜》,见《世界文学》第4期(1981)。
孙启林,《鲁迅和他的朝鲜读者》,见《鲁迅研究资料11》(1983)。
杨昭全,《鲁迅与朝鲜作家》,见《外国文学研究》第2期(1984)。
杨昭全,《鲁迅与朝鲜》,见《鲁迅研究》第10辑(1987)。

依据20世纪韩国的鲁迅作品的接受与研究的相关史料，对20世纪韩国的鲁迅研究做一个全面的概述。

二、20世纪韩国鲁迅研究史概观

（一）初期的鲁迅作品翻译与评论（1927—1960）

1. 光复以前鲁迅作品的翻译（1927—1945）

鲁迅之名最早出现在韩国刊物是1920年。该年月刊杂志《开辟》11月号（总第5号），刊载了署名"梁白华"的《以胡适为中心的中国文学革命＝于最近发行的〈支那学〉中＝》，其中有如下一段关于鲁迅的内容：

小说领域里首推鲁迅为最有前途的作家。他的作品《狂人日记》，描写了一个迫害狂患者恐怖幻觉，从而开辟了支那小说前所未有的境界（笔者译，以下未注明译者的译文均同）。

署名作者梁白华，原名梁建植（1889—1944），当时活跃于韩国文坛的小说创作、评论、翻译等领域，尤以大量翻译中国古典戏剧而著称，曾被当时韩国著名作家李光洙称为"朝鲜唯一的中华剧研究者和翻译者"[①]。他曾使用过菊如、白华等笔名，1922年以后就专用"白华"做笔名撰文著述，"白华"几乎成了他的真名一般。[②] 但是，梁白华的这篇评论，后来被核实为日本人青木正儿《胡適を中心に渦いている文學革命》的译稿，而非本人原创。[③] 国内及韩国曾有部分文章将梁建植的该文当作第一个由韩国人著述的关于鲁迅的评论并不正确。

[①] 1924年《开辟》2月号（总第44号）上刊载了题名《印象互记》的文章，是当时活跃在韩国文坛上的文人之间互相记述的印象记。其中，李光洙以笔名"长白山人"写的《梁建植君》中可见这段内容。

[②] 崔溶澈，《白华梁建植的中国文学研究与翻译》，见首尔：《中国语文学》第28辑（1996）。

[③] 金时俊，《光复以前韩国的鲁迅研究和鲁迅》，见首尔：《中国文学》第29辑（1998）。
金世中，《日本的鲁迅研究》（1920—1941），见首尔：《中国现代文学》第6号（1992）。

第一个将鲁迅作品译介到韩国的人是柳基石。柳基石于1927年在月刊杂志《东光》上发表了鲁迅《狂人日记》全文的韩文翻译稿，刊载期号是当年8月号，通卷第16号，署名用了笔名"青园"。这些情况和下面的有关作者个人状况的资料，在国内介绍文中都未有提及，想必是因为当时条件所限无法核实之故。

翻译者柳基石（1905—1980），是韩国当时的文学批评家、独立运动家，号树人，曾用柳絮、青园等笔名从事文笔活动。刊载柳基石译文的《东光》创刊于1926年5月，因财政困难等原因，1927年8月出完柳基石译文的第16号之后，曾一度被迫休刊，1931年1月得以复刊，最终至1933年1月停刊。[①]《东光》具有当时韩国民族主义团体"修养同友会"机关刊物的性质，著文的作者以该会会员居多，登载的主要内容均是关于"修养同友会"的"务实力行"，鼓吹道德修养、涵养民族力量等方面的内容。译者柳树人曾一度跟随该团体创始人安昌浩，奔波于我国上海与吉林之间，他的译文登在《东光》也是顺理成章的事。

在这之后，被译成韩文的鲁迅作品是《头发的故事》。这篇由梁白华翻译的作品，收录在1929年1月由开辟社出版的《中国短篇小说集》里。继之，梁白华又于1930年1月4日—2月16日，用笔名"白华"分24回，在《朝鲜日报》连载了《阿Q正传》全文的韩文译稿。[②]

考察韩国的鲁迅研究，不能不提的还有丁来东。丁来东（1903—1985）曾留学日本，后来于1924年8月转到北京攻读英文，私下却决心研究中国文学，苦心学习汉语。丁来东从1928年开始撰写大量介绍中国文学的文章，投往韩国的报纸、杂志上。1930年，他翻译了鲁迅小说《伤逝》，并以《爱人之

---

① 1954年始曾改用题号《凌晨》，出版至1960年。
② 译文登载于当时《朝鲜日报》的第四版面（共8个版面）文艺栏上，其中1月份的6、7、11、12、13、14、18、20、21、27、29日，2月份的1、2、3、5、7、10、11、12、14日，共20天连载缺空。

死》之名发表在《中外日报》的1928年3月27日—4月10日的版面上。① 同时，丁来东又是在韩国第一个著述并发表鲁迅作品评论的作者，这方面的内容，本文准备在后文做详述。

日本军国主义统治时期，韩国著名的抵抗运动家、诗人李陆史（1904—1944）对鲁迅更是推崇备至。李陆史原名李源禄，也叫李活，陆史为号。鲁迅逝世后，他不但撰述了一篇鲁迅追悼文章（后文有详述），还于1936年12月在杂志《朝光》②12月号（第二卷第12号），刊载了鲁迅的《故乡》韩文全文译稿。李陆史对鲁迅情有独钟，在译文前还登了加黑框的鲁迅遗照，并附了一段关于鲁迅生平和主要作品的简介。

2. 光复以前关于鲁迅的作家论及作品论（1927—1945）

随着梁白华1920年刊登在《开辟》的《以胡适为中心的中国文学革命》被核实为日文的翻译稿，丁来东的《中国短篇小说家·鲁迅及其作品》，就成了韩国的第一篇关于鲁迅作品的评论。

丁来东的这篇评论，从1931年1月4日至当月30日在《朝鲜日报》文艺版，分20回连载，共用22天全文才刊载完毕。③ 其中有5天未刊，估计是作者的文稿没有及时到达报社之故，因为根据《丁来东全集》附录的自撰年谱，发表该文时作者暂居北京。

丁来东这篇评论，内容涉及了鲁迅的全部文学创作作品，即对两部小说集《呐喊》《彷徨》以及散文集《野草》做了全面的分析和评论。文中还就

---

① 《中外日报》于1926年11月15日在汉城创刊，1928年12月6日曾因刊载支持中国反日运动的社论，受过日帝总督府的无限期停刊的处分。1929年2月18日解除处分后，该报一如既往地鼓吹民族精神，终不堪日帝的频繁干涉，于1931年9月2日自行停刊。

② 《朝光》是目前《月刊朝鲜》的前身，是由朝鲜日报社1935年11月创刊的综合性月刊杂志。因当时日帝弹压，断断续续维持到1944年12月号（通卷第110号）便被迫终刊，1946年3月随着光复才得以复刊，以1948年的12月号（通卷第3号）而告终。该刊内容涉及形势、经济、社会问题等诸多方面，但其注重的还是文化方面，登载了大量文学作品。

③ 作者将该文收录于《丁来东全集》时，题目改成了《鲁迅及其作品》，其目录如下：一、绪言；二、鲁迅自序传略；三、《呐喊》；四、《彷徨》；五、《彷徨》与《呐喊》；六、《野草》；七、鲁迅的语言；八、结论。

鲁迅走上文艺之路的经过、创作以外的论文和翻译活动情况、当时在中国文坛上的地位、鲁迅的思想状况,也做了分析和评论。虽然部分内容不尽准确,但是,在韩国鲁迅研究史上第一篇评论文的意义却不可低估。

1934年4月,由《东亚日报》发行的综合时事杂志《新东亚》①第30号,刊载了署名"上海 申彦俊"的文章,题目为《中国大文豪·鲁迅访问记》。作者申彦俊(1904—1938),号隐岩,是韩国独立运动家,当时任韩国《东亚日报》驻上海、南京特派记者。自1931年起至发表《中国大文豪·鲁迅访问记》之前,他就已经发表了7篇关于中国政局、思想界动态等方面的文章。他在这篇采访记里写了采访的经过、对鲁迅的印象等,并通过谈话的形式介绍了鲁迅对当时中国时局、文坛动态的观点。

另外,李陆史在鲁迅去世后写了《鲁迅追悼文》,并署名"李陆史",分5回连载于《朝鲜日报》1936年10月23日至29日的版面上②。李陆史对鲁迅持有一种近乎崇拜的情感,非一般感情所比,这从他的悼文内容中可见一斑。他不仅记述了鲁迅的生平和在社会改革方面的功绩,还对曾与鲁迅有过论争的革命文学派提出了自己的见解,并且还特别对鲁迅的《阿Q正传》和《狂人日记》做了评述。之所以将该篇追悼文性质的文章列入评论之列,主要因为有了这部分作品论的内容。

这一时期韩国涉及鲁迅评论的文章,还有金台俊(1905—1949)于1930年11月12日至12月8日,分18回以"天台山人"的笔名,连载于《东亚日报》的《文学革命后的中国文艺观 △过去十四年△》。③ 这篇也因不是专论鲁迅的文章,因此,不作为本文具体论述对象。

此后,至第二次世界大战结束,韩国从日本军国主义统治下得到解放为

---

① 《新东亚》是时事综合月刊,1931年11月由《东亚日报》创刊发行,1936年由于《东亚日报》受日帝弹压而被迫停刊,至1964年才复刊发行到现在,是韩国历史最悠久的综合性杂志。
② 该文在当时的《朝鲜日报》第五版面上,其中10月26、28日没有连载。作者在这篇追悼文前边也登载了与《故乡》译文前所载相同的鲁迅遗照。
③ 该文在登载期中,11月15、17、19、21、22、23、24、30、31日和12月1日没有连载。当时,作者于12月27日始在同版面上连载了《朝鲜小说史》,估计是精力所限之故。

止，即韩国光复为止，关于鲁迅作品的翻译或者评论陷入了低潮期，未见新的内容。这是因为1937年日本发动全面对华侵略战争前后，韩国内高度昂扬的抗日情绪使日帝韩国统监部引起了警觉，从而采取了一系列高压政策所致。尤其是1938年，日帝发布的禁书目录中就列入了鲁迅的多部著作①，当时研究鲁迅之困难局面可见一斑。过去有些文章，据该禁书目录认为鲁迅的这些著作当时都已译介于韩国，这种判断未免有些操之过急。一则这些著作目录中只有中文版和日文版；二来通观韩国的文献资料，并没有发现鲁迅的这些著作当时有韩文翻译的记录。另外，日帝制定这则禁书目录的根据和背景也需要考虑，本文对此不另做赘述②。

总之，此后在韩国再次见到有关鲁迅的文章，时间就已经推移到了第二次世界大战结束后的1946年。

3. 光复初期至20世纪50年代鲁迅文学的翻译和研究状况（1945—1960）

韩国光复以后对鲁迅文学表示关注，并有所作为的要首推金光洲（1910—1973）。金光洲，小说家，笔名为萍，曾就读上海南洋医大，其间除从事创作外还撰文向国内介绍中国文学。1946年，他与李容珪共同翻译并出版了《鲁迅短篇小说集》。该小说集由"汉城出版社"出版，并标有"第一辑"字样，但并未发现有续集出版。译者请丁来东作了题目为《鲁迅与中国文学》的序文，还附了金光洲的译者自序和鲁迅的《〈呐喊〉自序》，最后还附了

---

① 根据新东亚社1977年编辑的《日帝禁书33卷》，有如下鲁迅作品列在其中：

《鲁迅选集》，上海 1937年

《鲁迅文集》，1937年

《鲁迅遗著》，1937年

《现代小说集》（第一辑），上海 1936年（收录了鲁迅短篇小说）

《鲁迅最后遗书》，上海 1936年

《中国新文学丛刊书信》，上海 1937年（收录了鲁迅书信）

《鲁迅散文集》，上海 1937年。

② 关于这点不妨借鉴金河林的观点："究竟朝鲜总督府警务局是根据什么标准和渠道来制定了这个目录尚不很清楚，但是可以推测如下几种可能性：① 根据在朝鲜广泛流传的鲁迅著作由警务局自行制定；② 依照日本本国警务局指令制定；③ 根据当时中国国民党制定的禁书目录制定；④ 综合前边原因而制定。"见金河林，《韩国鲁迅文学的受容样相》。

《鲁迅略传》。该译集收录的鲁迅小说如下：《幸福的家庭》《故乡》《孔乙己》《风波》《高老夫子》《端午节》《孤独者》。另外，金光洲还于1948年在《白民》新年特辑号上，发表了《鲁迅和他的作品》一文。

这个时期关于鲁迅的论著，还有林炳夏的《回忆革命文学家鲁迅》（1947），金龙燮的《鲁迅论——酝酿期的文学》（1955），朴鲁胎的《鲁迅论》（1958），文璇奎的《谈鲁迅》（1960）等[①]。

这个时期，韩国处于一个大动荡之中，经历了迎接光复、南北韩各自成立独立政府、因之而起的朝鲜战争等重大历史事件。尤其朝鲜战争留下的是一个残垣断壁、疮痍满目的韩国。在这百业待兴的岁月里，文学领域也不例外。经过这场手足相残的战争，原来活跃在韩国文坛的主要文人作家或者亡故，或者自愿，或者被迫相继北上，离开了韩国。因此，韩国文坛进入了相对萧条期，即使留下来的文人作家，面对民族生存空间极度被毁的现实环境，也无暇顾及外国文学。何况当时中国人民志愿军的参战和世界冷战局势下反共浪潮的形成，也不容许文人、作家对中国文学表示更多的关注。这一阶段为数不多的几篇相关鲁迅的论著发表，也都是刚刚光复后几年内的事情。这种状况得以改善，在韩国再次见到关于鲁迅的文章是1961年。

（二）20世纪60年代至80年代韩国的鲁迅研究（1961—1990）

进入20世纪60年代，在韩国出现的第一篇关于鲁迅的文章，既不是翻译也不是评论，而是一篇硕士学位论文，即韩国成均馆大学硕士研究生金哲洙，于1961年撰写的硕士学位论文《鲁迅研究》，这同时又是韩国第一篇关于鲁迅的研究生学位论文。

以金哲洙的《鲁迅研究》为开端，韩国的鲁迅研究可以说进入了一个新的时期。众所周知，一篇学位论文里除进行专门研究的著者外，至少还凝聚着若干名对该课题有较深造诣的学者或教授的心血，在这个意义上，该篇论文无疑是韩国鲁迅研究史上的一个重要里程碑。这也标志着韩国的鲁迅研

---

① 见金时俊、徐敬浩共编，《韩国中国研究论著目录》1945—1999（历史，哲学，语文学），471页，松（2001）。

究，开始拥有了训练有素的专门研究人员，为其研究更上一个台阶做了必要的人力储备。

但是，鲁迅研究领域的繁荣景象并没有立即来临，究其原因不外乎前述的韩国当时的客观环境所致。尽管如此，这个时期韩国的鲁迅研究文苑里，也并非一枝独秀，除撰写韩国第一篇关于鲁迅的学位论文的金哲洙外，我们还可见到两位孜孜以求的学者，他们是车柱还和河正玉。前者于1956年在《文学春秋》上登载了《民主，反抗，绝望——鲁迅》；翌年，后者则在《空士论文集1》上发表了《鲁迅文学的背景》一文。

进入70年代，虽依然只有一篇学位论文，但是整个鲁迅研究领域里的氛围和成就，已是今非昔比。1970年，国立首尔大学的硕士研究生李玲子，发表了其学位论文《鲁迅小说研究——其作品中的民众像》。此后，陆续发表的一般论文就有九篇之多，另外还出了四篇作品译注和翻译。这些著者和译者当中有部分人员后来长期专注于鲁迅研究，丰富了韩国鲁迅研究成果，现将其人其文列举如下[①]：

韩武熙，《鲁迅的文学和思想》，《成均》（成均馆大）24（1970）。
车柱环，《鲁迅到中共执权》，《桥》（1971）。
全寅初，《阿Q正传研学》，《人文科学》（延世大）36，1976。
李家源（译），《阿Q正传，狂人日记》，东西文化社（1978）。
许世旭（译），《阿Q正传》，泛友社（1978）。

时至80年代，韩国鲁迅研究领域里最值得一提的现象就是学位论文的大量涌现。1980年，以高丽大学硕士研究生金明壕的毕业论文《鲁迅小说研究》为开始，这10年里的学位论文共有13篇之多。这些论文的研究范围涉及鲁迅庞大文学世界的各个角落，既有对小说的研究，又有对杂文的研究；既有文学思想的研究，又有创作技法的研究；既有作家传记的研究，又有作品人物形象的

[①] 该目录根据前面的金时俊、徐敬浩共编《韩国中国研究论著目录》而作。

研究。而且，这些学位论文又清一色全是硕士学位论文，这意味着它们都是聚焦于鲁迅的某一特定部分的研究，而非对某一领域的整体性研究，这点从下文列举的论文题目中，就可见一斑。

金明壕，《鲁迅小说研究》，高丽大学 硕士学位论文（1980）。

朴佶长，《鲁迅〈呐喊〉研究》，韩国外国语大学 硕士学位论文（1981）。

金河林，《鲁迅小说的主题思想变貌过程研究》，高丽大学 硕士学位论文（1982）。

朴敏雄，《鲁迅小说的人物研究——以〈呐喊〉和〈彷徨〉中的民众和知识分子为中心》，延世大学 硕士学位论文（1983）。

韩秉坤，《〈阿Q正传〉研究——以性格创造为中心》，全南大学 硕士学位论文（1984）。

刘春花，《鲁迅有关妇女作品研究》，成均馆大学 硕士学位论文（1984）。

文聂郁，《鲁迅文学的背景，作家意识的形成过程》，高丽大学 硕士学位论文（1985）。

尹荣根，《鲁迅初期小说人物研究》，檀国大学 硕士学位论文（1985）。

许庚寅，《鲁迅小说的文艺性研究》，延世大学 硕士学位论文（1986）。

张惠琼，《鲁迅"杂文"的艺术性研究》，檀国大学 硕士学位论文（1988）。

曹容兑，《鲁迅小说的技法研究》，明知大学 硕士学位论文（1988）。

李泳东，《鲁迅作品中的思想研究——以初期作品为中心》，明知大学 硕士学位论文（1989）。

郑东宽，《前期鲁迅杂文中的人道主义研究》，岭南大学 硕士学位论文（1989）。

与此同时，这十年中又出现了大量的相关论文和一些值得一提的翻译，如第一部鲁迅全部小说的韩文翻译，韩武熙的日本鲁迅研究家竹内好《鲁迅文集1-6》的韩文翻译等。80年代涵盖鲁迅方方面面的硕士学位论文，数十篇具有一定深度的相关论文，鲁迅全部作品的完整韩文翻译，为90年代高质量的博士学位论文的出现，打下了坚实的学术基础，也为鲁迅研究的进一步开展做了系统的准备。

（三）20世纪90年代韩国的鲁迅研究

20世纪90年代韩国鲁迅研究界，值得一提的现象是中国国内专家学者的相关论著在韩国刊物上的发表[①]。登载其中大部分论文的年刊《中国现代文学》，由"韩国中国现代文学学会"主办的学术刊物，始创于1987年。其中1991年的第6号是《纪念鲁迅诞辰110周年特辑》，而1993年的第8号则是《鲁迅文学与思想研究特辑》。

除吸收包括中国在内的国外鲁迅研究成果外，这个时期还有部分韩国研究者在中国鲁迅研究专刊上发表了自己的研究成果，其目录如下：

金河林，《鲁迅研究在南朝鲜》，《鲁迅研究年刊》，（宋庆龄基金会、西北大学合编），中国和平出版社，1990。

严英旭，《韩国的鲁迅研究动向》，《鲁迅研究月刊》1994年第1期。

严英旭，《鲁迅文学的创作手法》，《鲁迅研究月刊》1994年第12期。

---

① 按时间顺序排列如下：
王士菁（申永福，刘世钟译），《鲁迅传——鲁迅的生涯和思想》(1992)。
王富仁，《〈狂人日记〉细读》，《中国现代文学》第6号(1992)。
林非，《鲁迅研究的展望》，《中国现代文学》第8号(1994)。
严家炎，《论〈故事新编〉与鲁迅创作思想的演变》，《中国现代文学》第8号(1994)。
王富仁，《中国鲁迅研究的历史与现状》，《中国现代文学》第8号(1994)。
钱理群，《作为思想家的鲁迅》，《中国现代文学》第8号(1994)。
钱理群，《"想"与"说"（"写"）的困惑——鲁迅关于知识者的思考》(演讲稿)，《理论与实践》第8期(1994)。
王富仁（金贤贞译），《中国的鲁迅研究》（单行本），世宗出版社(1997)。

金泰万，《鲁迅讽刺理论研究》，《鲁迅研究月刊》1997年 第 8 期。

这些事实表明，中韩学者在鲁迅研究领域，进入了相互交流和共同探讨的阶段，从而为韩国的鲁迅研究开辟了一个崭新的局面。

此外，这个时期韩国鲁迅研究的又一个特点，是博士学位论文的出现。按时间顺序排列，这些论文目录如下：

金龙云，《鲁迅创作意识研究——以〈呐喊〉、〈彷徨〉为中心》，成均馆大学 博士学位论文（1990）。

刘世钟，《鲁迅〈野草〉的象征体系研究》，韩国外国语大学 博士学位论文（1993）。

金河林，《鲁迅文学思想的形成和转变研究》，高丽大学 博士学位论文（1993）。

严英旭，《鲁迅文学的现实主义研究》，全南大学 博士学位论文（1993）。

韩秉坤，《鲁迅杂文研究》，全南大学 博士学位论文（1995）。

朴佶长，《鲁迅与"左翼作家联盟"关系研究》，韩国外国语大学 博士学位论文（1999）。

韩元硕，《阿Q典型研究》，檀国大学 博士学位论文（2000）。

上述博士论文的著者中，不少目前已是韩国一些大学中文系里的中坚教授，同时，他们又都是韩国鲁迅研究界最为活跃的主要研究者。

另外，这一时期又一值得瞩目的现象，是除专门研究者以外的文学研究人员，对鲁迅文学的关注，其代表可举崔元植和全炯俊。前者致力于韩国文学研究并已取得斐然业绩；而后者却是地地道道的中国文学研究者，其业绩同样也已在研究界广为认可。崔元植教授在关于韩国近代文学研究和文学史研究的论文、著述中不时地以鲁迅作为参照体系，并给予了高度的评价[①]。全炯俊教授不仅在其主攻领域，中国新文学时期的现实主义研究的论文和著述当中提及了鲁迅，还编撰了为数不少的关于鲁迅的资料和研究论文，丰富了韩国的鲁迅研究领域的成果[②]。

至此，我们可以看到韩国在鲁迅研究领域，已经拥有了高素质、专业化的研究队伍，其研究水准也达到了一个前所未有的高度。应该认为，这一时期韩国的鲁迅研究界空前活跃和繁荣的景象，与1992年中韩两国的正式建交营造的诸多宽松的客观条件有不可分割的联系。

三、结论

本文旨在考察20世纪韩国的鲁迅研究情况，包括起始、进展过程、有突出业绩的研究者及成果。为此，本文将韩国的鲁迅研究，根据其特征分阶段进行了考察。

光复前后和20世纪50年代，韩国处在动荡时期，鲁迅研究可以说也难以达到一个专业化的水平。难能可贵的是，在这种自己民族生存处于异常严重危机的状况下，鲁迅研究不仅得以起步，而且，虽历经艰难却没有搁浅，出现了不少翻译、评论作品等，为在韩国确立鲁迅研究的体系打下了较坚实的基础。

20世纪60、70、80三个年代，其每阶段的特点分别是学位论文的亮相、较为准确的作品理解和翻译的出现、覆盖鲁迅方方面面的硕士学位论文和整个作品的完整翻译。

进入20世纪90年代，鲁迅研究在韩国全面开展，既有"请进来"，也有"走出去"，中韩学者相互交流的新局面的形成和博士学位论文的出现，是其

[①] 参见《殖民地近代和民族问题在韩国文学中的反映》，首尔：《民族文学史研究》1998年 第13号；《地上之路》，《回归文学》，首尔：创作与批评社（2001）。

[②] 参见《新文学时期的现实主义理论研究》1992年国立首尔大学博士学位论文；《鲁迅的现实主义理论研究》，首尔：《中国现代文学》第6号（1992）；《小说家鲁迅及其小说作品世界》，首尔：《中国现代文学》第10号（1996）；《韩雪野小说中的鲁迅》，首尔：《中国现代文学》第17号（1999）。

重要的标志。这一时期韩国的鲁迅研究，之所以能够取得前所未有的成就，与1992年的两国建交后形成的空前宽松的交流环境不无关系。由此，我们足可以相信，鲁迅研究在韩国将会有更为广阔的前景。

中韩现代文学起步阶段传统抑扬与外因接受

——以鲁迅与春园的文学创作比较为中心[①]

一、引言：中韩现代文学起步之背景

中国文学与朝鲜半岛[②]文学，相对其他文学间的关系较为特别。中国与朝鲜半岛比邻相接，人际物流的交往自古具有极其便利的条件，中国和韩国古典文学时期的交流可以用"影响关系"予以阐释和研究。例如，中国传奇小说集《剪灯新话》与韩国第一部短篇小说集《金鳌新话》之间的关系，中国的《水浒传》与韩国第一部韩文小说《洪吉童传》之间的关系均已有定论，前者对后者影响关系确切，即"发信者—收信者"关系明确。

19世纪末20世纪初，随着1840年西方列强坚船利炮打开中国的门户，1875年日本帝国主义侵入朝鲜半岛，中国和韩国被强行纳入了全球"西势东渐"的潮流之中，中韩文学领域稳定、和睦的局面也被打破。尤其1894年中日战争后，中国作为韩国历代宗主国的地位和威望趋于破灭，两国长期以来在同一文化圈内所共有过的文化、历史经验开始渐渐淡漠，曾经活跃的文化交流事例也渐渐趋向稀少，韩国文化的外来主要来源地从中国急剧地转向了日本为代表的西方国家，其状况一言以蔽之就是"19世纪末开始近代百年间的韩国文学

[①] 权赫律. 中韩现代文学起步阶段传统抑扬与外因接受——以鲁迅与春园的文学创作比较为中心[J]. 吉林大学社会科学学报, 2016, 56 (05)：156-163+191-192.

[②] 朝鲜半岛自古以来与中国的文化交流，大体上以朝鲜半岛南部为中心，即现在的"大韩民国"而言，待论及近代、现代时期文学之时将直接换用"韩国"。

与中国文学,只能处于一个疏远的关系"[1]。20世纪中叶,朝鲜半岛南北各自成立独立政府,随之引发1950年的朝鲜战争,中国人民志愿军参战之后中韩文学领域的交流几近断绝,至1992年中韩两国建交时跨40余年之久。

  概而言之,19世纪末20世纪初进入近代历史阶段后,中国和韩国的文学应该说都有了各自质的转变。但是,万变不离其宗,两国当时的文学在转型为现代文学之际,不容置疑首先是以各自的传统为基础,是在各自传统的基础上移植了西方舶来的因素而渐渐形成各自独具一格的现代文学体系。中韩两国现代文学的发展基于哪些传统因素?如前所述,无疑就是长期同处汉字文化圈和儒教文化圈里所形成的文化传统。那么,两国新文学在发展过程中,从共有的那些文化传统的土壤里,到底吸取了哪些滋养?其留存和发扬的程度如何?当时同为在西势东渐的形势下被迫开放门户的东方封建制的国家,其相似的时代背景对各自新文学的起步阶段又起了怎样的作用?这些问题,在当前中韩关系积极健康发展之关键阶段,人文交流因其重要的推手作用日益受有识之士的高度重视①之时,对其做出正确认识和学理性的阐释有着重要的现实意义和必要性。中韩两国的现代文学均起步于20世纪初,两国新文学的奠基人之一分别是中国的鲁迅(原名周树人,1881—1936)和韩国的春园(原名李光洙,1892—1950)。两人都在"旧的阵营"中出生、成长,又都经历了东渡日本求学的"西化"过程,在个人内心"批判与接受"的小环境和启蒙时代的大环境中步入文坛并从事文艺创作,作为当时各自国家"启蒙的文学和文学的启蒙"的先驱者,在很大程度上反映了两国现代文学起步阶段的诸多标志性的特征。鉴于此,本书拟从比较文学视角分析考察鲁迅和春园的文学传记,主要着眼于关于传统的承继和舶来思想接受的辩证态度,试图一览中韩现代文学起步阶段传统抑扬与外因接受的概貌。

---

① 习近平说:"人文交流则是民众加强感情、沟通心灵的柔力。只有使两种力量交汇融通,才能更好推动各国以诚相待、相即相容。"详见习近平,《共创中韩合作未来 同襄亚洲振兴繁荣——在韩国国立首尔大学的演讲》,新华网,2014年7月4日。

二、鲁迅与春园：中韩现代文学的奠基者之一

纵观鲁迅和春园的方方面面，二人各为开启中国和韩国现代文学扉页的作家之一，无论是传记事实和所处的时代背景，还是从事文学的动机；也无论是对待各自国家文化传统的态度，还是文学观，都呈现出了诸多惊人的相似性。具体而论，可分如下几点来考察。

（一）文学传记：文化传统的熏陶与文学传统的滋养

鲁迅和春园出生、成长的年代，均属各自国家转入近代社会的转型期，都是以启蒙为主调的时代。鲁迅在每况愈下的家境中，13岁作为家庭的代表涉足社会时，切实感受到了过去从未接触过的社会阴暗的一面，他倾注毕生之力揭露社会阴暗面的文学实践应该说与这一段的经历不无关系。16岁随着父亲的亡故在尚无足够的心理及阅历准备的状态下，鲁迅被动地推到了"家长"的位置上，这已经广为人知。春园是在11岁之时9天之内因伤寒病相继失去父母，陡然间成了需要负责自己和妹妹生计的"少年家长"。二人虽都有祖父健在，鲁迅的祖父却招致牢狱之灾自身难保，春园的祖父又只是"以风流男儿、墨客、好酒而远近闻名"[2]241，都不能为自己的长孙提供任何实质性的帮助。鲁迅和春园在少年时期经历了家庭衰败的过程，在这一过程当中他们发现了主体意义上的"自我"，为日后宣扬近代意义上的"个性"提供了一定的基础。

鲁迅和春园在成为"少年家长"的前后，都接触到了各自国家的古典文学。对此鲁迅曾在《阿长与〈山海经〉》当中有过描述，春园也曾在《多难的半生途程》里就自己为外祖母，以及堂姐们朗读韩国古典小说《彰善感义录》《谢氏南征记》等有过详尽的描述，并称那些经历"给予了自己文学上莫大的刺激"[3]446。只是比较而言，鲁迅显得更加系统地接触了中国文学传统，而春园对本国传统文学的接触却略显零散一些。对各自国家传统文学甄别取舍的结果，构成了二人珍贵的文学底蕴，为后期的文学创作和研究活动提供了重要的源泉。

鲁迅和春园经历同样由各自家庭衰败导致的类似的危机之后，步入青年

时期均有过留学日本之经历。鲁迅经过在南京的四年求学，接受了当时风靡国内的进化论等西方新文化的洗礼，并于1902年考取公派留学生东渡日本，更为广泛接触、翻译了西方先进科学方面的成果。留日前后鲁迅表现出了科学启蒙的思想，而经过1906年的"幻灯事件"之后遂从科学启蒙转入了思想启蒙的一生追求。春园的日本留学则分1905—1910年、1915—1919年两次完成。第一次受日进会资助留学期间春园落籍于明治学院中学部，深受托尔斯泰的不抵抗主义思想、拜伦和自然主义等思潮影响并接触了当时的日本作家夏目漱石、木下尚江等的作品，1909年还用日文发表了短篇处女作《爱か》（《爱与否》）。1910年回国后，春园任过教师，还用一年多的时间游历了中国现在的东北地区、上海以及今天俄罗斯远东的一些地方。1915年再次赴日留学的春园在早稻田大学攻读哲学，于1917年发表了韩国现代文学史上第一部长篇小说《无情》。

鲁迅和春园都有过一段"包办"的婚姻经历。鲁迅于1906年奉母亲之命回绍兴与朱安女士完婚，而春园则是1910年面对临终的父亲之友勉强接受了与白慧顺的婚姻。婚后，鲁迅只以母亲给自己的一件礼物相待朱安女士；春园也曾表白与妻子"没有爱情可言"。事有凑巧，鲁迅真正以爱情为基础的生活伴侣是许广平，春园最终与原配离婚通过自由恋爱成婚的妻子也姓许，全名许英肃。仅从个人婚姻问题而言，他们两人都做到了反对"封建"、追求"个性与自我"的典范。

二人的传记当中更须关注的一点，是都在留日期间选择了文艺之路。鲁迅经历"幻灯事件"，从科学启蒙之路开始转而"提倡文艺运动"已无须赘言。春园在第一次留日时期虽然也接触了日本的新文学，但是他更崇尚的还是托尔斯泰的"三大主义"，即博爱主义、非暴力主义以及不抵抗主义，尤其读了托尔斯泰的日译本《我的宗教》之后，曾大发如下感慨："这才是真理，人类只有过上如此的生活，才能实现世界的和平，我一生要为这样的主义而活，托尔斯泰果然不愧为大先生。"[4]594-595春园继而认为实践托尔斯泰的"三大主义"才是个人的家庭生活，乃至民族生活所要追求的"人生的正道"[2]464-466，从而，春园认为"所谓的文学要具备能够拨动某根情感之弦的条件"[4]381，其"情的文学"之胚胎从此已经初现端倪，这一点在他创作的韩国现代文学史上的第一部长篇小说《无情》的题目上也可见一斑。

（二）认知"文学"：传统的抑扬与"拿来主义"

鲁迅曾于1934年在《门外文谈》中指出，过去所说的"文"，"现在新派一点的叫'文学'，这不是从'文学子游子夏'上割下来的，是从日本输入，他们的对于英文Literature的译名"[5]93。而春园则在1916年一篇《文学是什么》当中指出，现在的文学与过去所说的文学截然不同，它"源自西方人使用的文学的语义，文学是翻译他们的Literatur或者Literature一词而成"[6]256。从中可见，鲁迅和春园在对"文学"一词的理解上，具有几近相同的一面。

面对因饱受长期的封建统治而变得愚昧无知的各自国家的国民，鲁迅和春园都把文学当作启蒙的手段，在文艺之路上选择了"为人生"的文学[7]512[4]360，其文学观具有强烈的功利性。他们这种功利性与过去的"文以载道"不同，他们推崇的"为人生"的文学研究其实就是服务于当代各自国民现实生活的文学，即反映当时现实生活、敦促各自的民众觉醒和振奋的文学。

鲁迅一开始就着眼于文艺"改良人生"的功能，抱着启蒙主义，取材亦"多采自病态社会的不幸的人们中，意思是在揭出病苦，引起疗救的注意"[7]512，从事文学志在改变"国民性的怯弱，懒惰，而又巧滑"[8]240，即"国民性改造论"已跃然可见。春园于1916年的《文学的价值》中就曾指出西洋所有的文明首先源于民众的自我觉醒，并举例说明法国的大革命起源于"佛国革新者"让·雅克·卢梭（Jean-Jacques Rousseau）的一支笔的力量，美国独立战争时期动员北部民众，使他们投身追求自由的行列之中，同样也源自像吉迪恩·福斯特（Giden Foster）一样充满浪漫主义的"文学者之力"。据此，他提出一国的兴亡盛衰以及富强贫弱与否，取决于该国国民的理想和思想如何，而支配那理想和思想的正是"文学"[6]546-547。1921年春园又在《文士与修养》一文中提出，文艺在启发长期处在愚昧状态中的民族精神，为他们注入富有生机的新的精神力方面具有最强大的力量，他所关注的就是文艺所具有的"强烈的刺激力和惊人的宣传力之强大和神速"[4]352-353。1922年春园将自己通过文艺改造国民精神的思想集结成了《民族改造论》，但因在日帝殖民统治的背景下排斥抵抗而只强调涵养民族力量和追求完美道德论的基调，引起了当时韩国社会褒贬不一的评价，直至当前的韩国文学研究界。

鲁迅和春园的文学观中还有重要的一点，就是对各自国家"传统"的否定，究其实质就是对封建儒教礼法的否定。鲁迅认为束缚中国国民精神自由的就是借以"舆言""俗间""多数"之名"模模糊糊传下来的道理"，是"能用历史和数目的力量，挤死不合意的人"的"社会公意"，那些就是"历来罪恶之声"，是所谓的"传统"。[6]124 基于这样一种认识，鲁迅向那些所谓的"传统"提出了强烈的质疑："从来如此，便对么？"否定"传统"的态度异常鲜明和坚决，矛头直指"吃人"的封建礼教。这方面，春园也与鲁迅极为相似。春园开始挑战的是借助"伦理道德"之名妨害和扼杀人类享受"自由"的所有历来传袭下来的东西。1917年发表《无情》前后，他将自己抨击的对象具体化为"儒教"：儒教以圣人的礼法使庶民无条件地予以服从，也就是"可使由之而不可使知之"。因此，儒教道德使人完全丧失个人意识。个人意识的丧失，会极大地阻碍思想的发达。[4]19

春园认为"三纲五常"等封建礼教使得朝鲜成了一个"无情"的世界，"朝鲜的儒教分明就是消耗和麻痹我们精神和万般能力的罪魁祸首"，因此，"传习批判的第一箭理所当然地要指向儒教思想"并将此主张付诸实践。春园在否定传统、建立新秩序的实践中，首先选择儒教为批判对象与鲁迅不谋而合，体现出了当时东方国家启蒙者共同的理念，但是，他没有像鲁迅那样完全与之决裂并最终要推翻以儒教为统治理念的社会制度为目标，而只停留在摆脱其束缚的层面上，显得有些暧昧，甚至在某些方面"与自己当初攻击的对象阴险地联手"[9]26，与鲁迅形成了鲜明的对照。

（三）文学题材的选取："为人生的文学"之实践

鲁迅和春园都主要以小说形式，塑造了当时各自国家的农民、知识分子典型形象，并辅以论文进一步明确了自己的主张，抨击了各自国民的劣根性，以及造成这种社会现象的根源，即披着"传统"外衣的诸多不良要素，从而扮演了各自国家启蒙运动的主导者。具体而言，可以从如下三点予以概括。

其一，鲁迅和春园的早期作品都致力鼓吹近代意识，他们都是忧虑封建统治下的民族生存现实,并试图通过确立近代的自我意识和改造民族性来改变那种状况。在自我意识的形象化方面,鲁迅通过塑造"狂人"等形象并用象征性的手法含蓄地暗示了作家的意图;而春园则大多塑造精英型的先觉者形象,并采取了以直白与说教式的对话将他们的激情注入给被启蒙者的形式。

其二,农民及其生活环境之农村,也是鲁迅和春园作品的主要题材之一。鲁迅在作品中刻画的"阿Q""闰土"等农民主人公均为封建专制制度下的牺牲者并通过他们的言行揭露封建制度对他们的残害,也再现了当时中国农民在经济、精神双重压迫下悲惨的生活环境;而春园则从初期立足施惠者的立场,将农民视作同情和怜悯乃至改造的对象,到后期作品如《泥土》《三峰他们一家》随着对造成其悲惨命运的真正原因的揭露,农民遂被视作民族性改造之主体力量,并渐渐升格为主导民族改造之精英人物的同盟者。

其三,鲁迅与春园都是中韩两国近代初期剧变时代的先觉型知识分子,因而知识分子也是他们作品中常见的主要人物。鲁迅塑造了反抗封建社会制度,以及由此所派生之诸多传统因素的"叛逆者"型知识分子形象,也描绘了那些"叛逆者"型知识分子所遭受的挫折甚至妥协的无奈情形,鉴于鲁迅本人从未妥协的生平经历,这些应该视作是对自己以及当代知识分子的一种警示,同时,其中也不无迎战强大无比的"无物之阵"之旧势力的策略性思考。春园知识分子题材的作品中出现的主要人物大多是领导者型的形象,他们在自我意识和民族意识的宣传乃至民族性改造的实践当中都充当精英人物,其中绰约可见作者本人的影子,甚至可以发现作者本人直接代替作品中主人公慷慨陈词的生硬场面出现。春园塑造的堕落型知识分子形象,应该视作他对那些沉湎于个人享乐而远离民族所面临的悲惨现实的知识分子的批判。

(四)文学创作方法:现实主义与理想主义的距离

鲁迅赋予重要意义的只有当下,对当下民众的生活是否有积极意义是他取舍一切的标准。现实主义创作精神与创作技法融合而成的鲁迅的作品就是"为人生的文学",文学要为个人以及民族乃至全人类的生存和发展服务就是鲁迅文学的目标所在。鲁迅没有仅仅止步于认识现实,在其试图改造不适合甚至阻碍人类正常的精神和物质生活的实践里,还透露着鲁迅作为知识分子的行动主义[10]面貌。鲁迅称自己的小说"多采自病态社会的不幸的人们中，意思是在揭出病苦，引起疗救的注意"[7]512。鲁迅发现的那些"病苦"就是"不敢正视现实，用瞒和骗，找出奇妙的逃路来，而自以为正路"且"一天一天的满足着"的"国民性的怯弱，懒惰，而又巧滑"。因此，他要"取下假面，真诚地，深入地，大胆地看取人生并且写出他的血和肉来"[8]241，进而追求"内容的充实和技巧上的上达"[7]84，达到反映"穷人与平民的困苦和悲痛"[5]470的目的。鲁迅曾在1935年论及讽刺文学的时候指出，"'讽刺'的生命是真实，不必是曾有的实事，但必须是会有的实情"[5]328，并在谈及中国优秀小说作品标准的时候也说以"真实"作为选择的标准①。可见鲁迅将文学作品反映的"现实的真实性"当作判别作品优秀与否的重要标准，认为只有写出现实的"真实性"文学才能真正起到自身所应有的作用，从而在自己的创作活动中也非常重视所反映的"真实性"。这应该是鲁迅对现实主义（realism）的一个领域，即现实主义创作技法的认识和实践。鲁迅收录于《呐喊》《彷徨》中现实题材小说里的主人公及相关事件，几乎都有其事实根据的[11]证言，证明了鲁迅对"不必是曾有的实事，但必须是会有的实情"之创作原则的严格践行。在这样创作原则下的文学实践结果是"为人生"，是"取下假面，真诚地，深入地，大胆地看取人生并且写出他的血和肉来"。鲁迅主张不仅要做"在高的意义上的写实主义者"[12]102，还要"竭力摸索"去写出当下"国民的灵魂"[12]82。概而言之，鲁迅主张不能止步于现实主义创作方法要求的对人生的真实面貌的"再现"与"反映"，还要写出穷人与平民所经受着的举步维艰的困苦生活以完成现实主义作品"内容的充实"。

春园亦在诸多文章当中动用"描绘""记录""如写真师照相一样"等词句，也曾表白自己几乎所有的作品均有原型，甚至"《三峰他们一家》就是当时发生的现实版本"。他极力主张文学要实现其目的就要使其内容满足"真实性"的要求。他认为出色的文艺要有趣、感人、更要保证真实和美。[4]442-443确保了有趣的"真实性"才能实现文学的"善、美"功能，在这种理解的前

---

① "从真实这一点来看，应该说是优秀的。"参见《鲁迅全集8》第398页，人民文学出版社1981年。

提下，春园认为"写实主义是最为安全和正经的描写法"并试图"如实描写人生的一面"[4]494，称自己的代表作中所要描写和反映的均是朝鲜各个时期的现实[4]461。具体而言，"《无情》是被日露战争唤醒的朝鲜，《开拓者》是从合并到大战前的朝鲜，《再生》是经历万岁运动的1925年前后的朝鲜的记录"[4]461，其中有黎明期处在思想斗争中的朝鲜的"男女新知识阶层"，也有暂时陷入恶魔的诱惑却不弃不离地"忏悔和努力的女人"，还有"民族辉煌性格"代表人李舜臣、"朝鲜历史上第一殉教人"李次顿，甚至还有试图"异想天开"的许生类的人物[4]520-523。他的文学实践的最终目的在于观察"在今天的朝鲜面临的环境里，他们如何播种、收获"[4]515，其中包括"民族的现状和将来的理论，还有我们关于现在和未来的悲哀、惊喜、欢乐与希望，也包含着与诸位坦诚交心的意愿"[4]511。可见，春园追求的同样也是现实主义文学，即用写实主义的技法，反映当时民族生存环境和民族成员的思想。然而，春园的这样一个现实主义文学观，与具体创作实践却是大相径庭。他在作品当中刻画的大多人物均属于观念型，其抽象化了的言谈举止，严重背离了春园自己标榜的创作意图。主观恣意地去理解殖民地现实并将其小说化，其作品的主人公顺应或者回避客观现实的倾向，最终导致了春园主观写实主义系列小说的诟病[13]129，即极度浪漫的理想主义。

综上所述，我们可以认定鲁迅和春园在创作实践中，都从反映现实和如实描绘的意义上明确领会和运用了现实主义（realism），他们所关注的是"用生活细节的真实"来反映或揭露民族所面临的客观现实，追求文学的真善美。然而，二人具体的创作实践却大相径庭，呈现出了完全不同的面貌。鲁迅表现出了彻底的、冷静的现实主义；春园则在其作品中呈现出了具有浓厚的浪漫与观念色彩的理想主义（idealism）。

三、鲁迅和春园的关系考证及对各自国家文学的影响

（一）影响关系确立与否的考察

鲁迅和春园具有如此之多的相似之处，那么这两位文学巨匠之间是否有

过实际的交往呢？

综观鲁迅和春园的生平，他们二人之间不无直接或者间接交往的可能，几乎同一时期留学日本的传记事实，更是给这种可能性增加了砝码。然而，鲁迅留学时跨1902至1909年，而春园两次留学日本中与鲁迅相近的第一次留学则是1905至1910年，当时他们只是两个不同国家数百名留学生当中的普通一员，尚且没有获得值得被异国学生所关注的名声。而且，鲁迅东渡日本留学之初，是在弘文学院学习日语，学成之后选择较为偏僻的仙台去主攻医学，目标依然在于科学启蒙与救国；春园则在韩国已经自学日语，1905年东渡日本在东京直接进入大成中学一年级，后转明治学院学习至1910年毕业，其关注点一直在文学领域，甚至还用日文写成了一篇短篇小说《爱か》发表在韩国留学生会刊物。因此，从选择的学校、所学专业看，两人留学期间的确没有形成相遇的客观条件。另外，春园在当时的上海韩国临时政府供职的时候是1919年2月至1921年末，而鲁迅定居上海的时间是1927年，因此，虽都有居住上海的经历，二人也没有一个交叉的时段。也就是说，二人似乎有其交往的可能性，但根据当时的具体条件和实际情况，完全可以排除二人直接交往的可能性。[14]

那么，鲁迅和春园是否有间接接触的可能性呢？

这个问题的考证重点，就在二人是否接触过对方的作品上。由于鲁迅不识朝鲜文字[15]，春园的作品当时在中国并无译介的事实，春园是否接触过鲁迅作品，就成了其关键所在①。经过考察，发现春园和其知己金素云有如下文字记录：

朴先达的生平和鲁迅笔下的阿鬼，有类似的地方……[16] 256

《阿Q》和《孔乙己》，在表现小说家鲁迅的才华上，不失为是件夸耀的事情，但是，它给滋养其开花的土壤之中国，却带来了羞耻和侮辱。当今的中

---

① 据韩国第一个撰写鲁迅评论文章的丁来东《中国短篇小说家·鲁迅及其作品》载，1936年止译介到朝鲜的鲁迅作品共有四篇，即1927年由柳树人翻译并登载于《东光》的《狂人日记》；1928年由丁来东翻译并登载于《中外日报》的《爱人之死》(《伤逝》)；1929和1930年由梁建植翻译并发表在《中国短篇小说集》和《朝鲜日报》的《头发的故事》《阿Q正传》。

国已经见不到阿基列斯似的人物，留下的只有阿Q之辈。关羽、张飞，已退化成了阿Q和孔乙己。[4]491

要写我，就请写成《阿Q正传》的形式吧……我是像阿Q那样的傻瓜。[16]226

资料表明，春园不仅阅读过鲁迅的作品，对鲁迅的代表作《阿Q正传》颇有一番见地。由此看来，鲁迅与春园之间不仅有众多的类似之处，甚至可以假设春园可能受了鲁迅的一些影响。然而，根据目前的资料以及研究成果，确定两人之间确有影响关系的结论还有待商榷，因为仅仅根据上述春园留下的印象性质的文字记录，几乎不可能真正推论影响关系的确立与否。

实际上与春园同时代的韩国文人，也有些人了解鲁迅或者接触到鲁迅本人作品。其中有第一个将鲁迅作品翻译到韩国的柳基石，还有翻译鲁迅作品并写鲁迅追悼文的诗人李陆史等。与之相较而言，春园早期没有接触鲁迅作品，与当时他与韩国的社会主义阵营处于对立面也不无关系。

总之，鲁迅和春园在传记事实、文学观、文学思想、文学创作实践等方面，有诸多相似性。这些相似性，构成了对他们进行比较研究的重要依据，即这些相似性，可以作为在鲁迅和春园的比较实践中，适用平行比较研究方法的依据。

（二）鲁迅与春园对各自国家现代文学后期的影响

鲁迅与春园文学的起步，预示着中韩现代文学的开端，二人的文学起步时机恰好处在中韩两国启蒙思潮高涨的时期，因此，他们的文学创作在各自的国家都处于一个先驱者的地位，在各自国家的现代小说的起始及其发展都有举足轻重的意义。

在中国作为新文化一翼和组成部分的白话文运动，也就是中国新文学的最初形式，那么，作为最早使用白话文创作的鲁迅文学当之无愧就是"启蒙的文学"[17]31与"文学的启蒙"[17]36高度结合的典范，从而以文学创作成就"显示了文学革命的实绩"[5]238。具体而言，鲁迅小说以其"表现的深切和格式的特别"[5]238，即内容与形式上的现代化特征，成为中国现代小说的伟大开端，开辟了中国文学（小说）发展的一个新的时代[18]38，演变了"中国现代小说在鲁迅手中开始，又在鲁迅手中成熟，这在历史上是一种并不多见的现象"[19]，成为"用文学、用小说来思考时代的要求，记录时代的步音，参与和鼎助时代发展的旷代巨人"[20]151。

春园在韩国文学史上是争议人物，一方面他以涉及小说、评论、诗歌、文论等各个领域的庞大的原创作品成为任何一个韩国文学研究者无法避绕的研究对象，另一方面因其日帝统治末期的亲日行径备受指责、唾弃甚至于不无试图以此施以人身攻击或否认其文学史上的功绩的倾向。即便如此，春园在韩国现代文学史上的功绩以及深厚的影响依旧不可磨灭。具体而言，作为韩国第一个现代长篇小说的作者，开启韩国现代文学扉页的功臣之一，他是韩国白话体文章的开拓者，是韩国现代诗歌及现代小说的最初的作者之一，同时又是现代思想革命者。[21]194根据最新资料显示，从1895年到1985年为止，在韩国研究最多的作家就是春园（李光洙），从1916年至1993年相关传记或者著作之外，仅各类评论、学术论文就有440余篇[22]237，李光洙在韩国现代文学史上占据的地位可见一斑。

四、结语：鲁迅与春园比较研究的意义

鲁迅和春园的一生经历，在认识中国和韩国近代史方面具有重要的意义。两人的传记事实，足以作为当时"西势东渐"潮流中，中韩两国所经历之阵痛的"个体"反映。共具类似近代史经验的中国和韩国，经过时代转型的大变动，其关系也发生了重大的变化，从传统的朝贡关系（the tributary system）过渡到了近代性质的条约关系（the treaty system）。[23]这种政治现实，在文学领域也得到如实反映，19世纪末两国文学逐渐形成各自独立的体系，就是很好的佐证。

追述中韩新文学的形成轨迹，论证和解明其异同点及其成因，是比较文学所要承担的任务。基于相似的文学传统并移植通过几乎同一渠道获得的外来文艺思潮，逐步自成体系的中韩两国现代文学，其初期仍有相似的一面，两国

现代文学的研究，互为他山之石的意义不容忽视。鲁迅和春园的文学创作，各为中韩现代文学起步的重要标志，是两国现代文学"没有影响性的类似性"的典型代表。所以，考证两人的异同点，对比较研究中韩两国现代文学各自的特征、演进过程等具有不可低估的借鉴意义，能够为各自的研究提供新的启迪。这样的研究对考察和论证中韩两国文学从"影响关系"逐步走向"独立体系"这一文学史事实，也具有不可低估的现实意义。

参考文献

[1] 全光庸. 百年来韩中文学交流考[M]. 首尔: 韩国比较文学会, 1980.

[2] 李光洙. 李光洙全集9[M]. 首尔: 三中堂, 1971.

[3] 李光洙. 李光洙全集8[M]. 首尔: 三中堂, 1971.

[4] 李光洙. 李光洙全集10[M]. 首尔: 三中堂, 1971.

[5] 鲁迅. 鲁迅全集6[M]. 北京: 人民文学出版社, 1981.

[6] 李光洙. 李光洙全集1[M]. 首尔: 三中堂, 1971.

[7] 鲁迅. 鲁迅全集4[M]. 北京: 人民文学出版社, 1981.

[8] 鲁迅. 鲁迅全集1[M]. 北京: 人民文学出版社, 1981.

[9] 金炫. 李光洙[M]. 首尔: 文学与知性社, 1977.

[10] 豪泽尔. 文学与艺术的社会史[M]. 首尔: 创作与批评社, 1983.

[11] 周作人. 鲁迅小说里的人物[M]. 石家庄: 河北教育出版社, 2002.

[12] 鲁迅. 鲁迅全集7[M]. 北京: 人民文学出版社, 1981.

[13] 尹明求. 韩国近代文学研究[M]. 仁川: 仁荷大学出版部, 2000.

[14] 权赫律. 关于春园与鲁迅的比较研究[M]. 首尔: 亦乐出版社, 2007.

[15] 杨昭全. 鲁迅与朝鲜[M]//鲁迅研究: 第10辑. 北京: 中国社会科学出版社, 1987.

[16] 金素云. 蓝天银河水[M]//金素云随笔选集: 第1卷. 首尔: 亚成出版社, 1978.

[17] 陈思和. 中国新文学发展中的两种启蒙传统[M]. 桂林: 广西师范大学出版社, 1997.

[18] 钱理群, 温儒敏, 吴福辉. 中国现代文学三十年[M]. 北京: 北京大学出版社,

1998.

[19] 严家炎.论鲁迅的复调小说[M].上海:上海教育出版社,2002.

[20] 杨义.中国现代小说史:第1卷[M].北京:人民文学出版社,1998.

[21] 赵演铉.韩国现代文学史[M].首尔:成文阁,1989.

[22] 延世大学国学研究院编.春园李光洙文学研究[M].首尔:国学资料院,1994.

[23] 权赫秀.十九世纪末韩中关系史研究[M].首尔:白山资料院,2000.

该论文原载《吉林大学社会科学学报》2016年 第5期

第二部

第一章　春园与鲁迅比较研究的可行性

第一节　研究课题与研究目的

关于春园（原名李光洙，1892—1950）和鲁迅（原名周树人，1881—1936）是否可以纳入比较文学的视域下研究？这个问题现在提起来似乎略微滞后于研究现状，因为关于两位作家比较文学研究领域的研究早已起步。但是，从为数不多的比较研究先行者取得的研究成果来看，这个问题依然确有其适时性和必要性。

鲁迅与春园各为掀开中韩两国近代文学扉页的中韩代表作家，关于他们的个别研究汗牛充栋，这毋庸赘言。但是，关于两位作家的比较文学研究起步虽早，其研究实践却远没有达到覆盖二者方方面面的程度，目前尚且难以寻觅较为深入或者值得一提的相关成果。

19世纪末20世纪初，中韩关系渐渐脱离传统的宗藩关系，趋向于新的近代式国家关系的一个雏形。因此，取材于现实的两国近代文学领域，也有了一系列相应的变化，使得中韩两国近代文学的比较研究，也有了从方法论的角度予以调整的必要性。换言之，与古典文学截然不同的中韩近代文学的比较研究实践，需要根据其发生的内部变化，急需调整并提出一个新的研究方案以适应文学内部发生的新的变化。

基于上述理由，本研究拟从解答前述的问题着手铺展。为了寻求较为圆满的答案，本研究认为至少需要从两个方面给予考虑。首先，应该揭示关于比较研究春园和鲁迅文学的方法论依据，即要明确中韩近代文学初期具有重要地位的两位作家之间直接交往事实成立与否的问题。这是文学研究内在的问题，因此是本研究要解决的第一要务。其次，在实际比较研究实践中，忧虑相对鲁迅的形象春园是否会招致贬低。虽然这是文学外在问题，但考虑到他们各自为代表两个国家近代文学初期的代表作家，也是一件敏感和棘手且无法回避的难题。

从春园和鲁迅的生平来看，他们之间并不是完全没有相互交往的机遇。[①]几乎在同一时期经历日本留学，又都曾在上海居住一段时期的传记事实，对他们曾有过交往的猜测，提供了一抹可能性。但是，经过缜密的考察，我们已经完全可以确定他们在日本留学期间，不存在任何相互交流的事实。一则，当时的他们都只是两国数百名留学生中极其普通的一员，尚没有具备能够引起其他国家的留学生所能关注的声望。1917年，春园发表韩国现代文学史上第一部长篇小说《无情》而声名鹊起，在韩国留学生中崭露头角的时候，鲁迅却早在之前的1909年回国。二则，春园虽然曾在上海大韩民国临时政府任职，之后于1921年回到韩国；而鲁迅则于1927年才到上海定居，显然两人在上海相遇的可能性再次失之交臂，上海居住一段时期的传记事实，同样无法构成他们之间可能有过来往的根据。

那么，他们之间是否有间接交往的事实呢？这一问题的焦点就在于他们是否接触过对方的作品上，换言之，要去调查是否有涉猎相互作品的事实。我们首先去核查鲁迅是否阅读过春园作品的可能性。根据现有的文献史料记载，鲁迅完全不懂朝鲜语，[②]而春园的作品当时还没有翻译的中文版，因此，鲁迅阅读春园作品的线索自然就中断，这个假设确认无法成立。那么，春园是否阅读了鲁迅的作品呢？经过核查文献资料的结果，发现了如下记录：

---

① 拙稿，《关于春园与鲁迅的启蒙性格考察》，仁荷大学硕士学位论文，2000。
② 根据鲁迅的短篇小说《狂人日记》的第一个韩文翻译者柳树人回忆，他于1925年带着翻译初稿访问鲁迅之时，鲁迅曾告诉他："我不懂朝鲜语文，你还有那些不清楚的地方，可以说说。"参阅：杨昭全，《鲁迅与朝鲜》，《鲁迅研究》第10辑，中国社会科学出版社（1987），第363页。

第一章　春园与鲁迅比较研究的可行性

朴先达的一生，和鲁迅（笔下）的阿鬼有相似之处……①

鲁迅笔下的《阿Q》或者《孔乙己》，在表现小说家鲁迅的天赋上，也许算得上是荣耀，但是对孕育这一鲜花的土壤中国来说却是羞耻、侮辱。当今的中国没了阿基里斯，只有阿Q。关羽和张飞，早已退化成了阿Q和孔乙己。②

你要写，就把我写成《阿Q正传》那样吧。（略）。我就是像阿Q那样的傻瓜。③

上述引用的资料内容，证明春园不仅阅读了鲁迅的作品，甚至可以进一步判断很是肯定鲁迅的代表作《阿Q正传》所获得的创作成就。

根据对相关文献的上述考证结果，我们认为简单否定春园和鲁迅二人之间存在影响关系固然轻率。同样，在缺乏对二者作品互文性的认真比对鉴别的情况下，直接断言影响关系成立，其证据仍显不充足。要而言之，在现阶段，如果仅仅以上述春园的片言只句，作为确定春园与鲁迅之间存在"影响关系"与否的根据，显然不具有客观说服力。因此，本研究认为春园与鲁迅之间存在影响关系与否，暂且只能界定在"可能性"的范畴内，而对这一"可能性"的核实，将需要更加严谨和缜密的考证，需要去"大胆的假设"并结合"小心地求证"。

姑且不顾春园与鲁迅之间的影响关系，他们的生平传记、从事文学的背景、具体的文学创作实践等方面，依然能够发现很多相似之处。④ 本研究首先予以关注的是他们的文学传记事实以及二者所处的时代背景的相似性，而这两方面的相似性原原本本地反映在他们各自的文学创作实践中。具体而言，春园和鲁迅文学所具有的近代性和民族性与他们的亲身经历，以及当时两国的时代背景有着密不可分的关系。本研究的研究综述部分考察了对二者比较文学研

---

① 《李光洙全集》8，韩国：三中堂（1971），第256页（以下引用该书内容，将省略出版社及出版年度信息，只标注书名、页码）。
② 《李光洙全集》10，第491页。
③ 金素云，《蓝天银河水》（1952），《金素云随笔选集》1. 韩国：亚成出版社（1978），第226页。
④ 拙稿，《春园与鲁迅小说的启蒙性格》，《仁荷语文研究》，第五号（2000）。

究领域的早期尝试，并以此对二者之间存在的相似性做了再次的确认，实际上就是对关于春园和鲁迅比较研究可能性的初步探讨。两位作家相似的传记事实和两国近代初期相似的历史状况，以及由此引发的二人文学实践的相似性，为本研究提供了弥足珍贵的重要依据。关于春园与鲁迅的初期的比较研究，虽然没有对二者的可比性展开学理性的论证，但也可以算作是从比较研究实践的角度，做了自身的论证尝试。

那么，在实际的比较研究实践中，相对鲁迅的形象，春园的评价可能会偏向贬低的问题，又该如何去协调平衡呢？

春园是韩国近代文学史上无人可与之比肩的作家，唯其如此，春园一方面被广大韩国文学研究者所关注，同时又因其在日本殖民地统治时期的个人亲日行径而成了一个倍受批判与指责的对象。本研究坚信大部分研究学者的诸多研究实践，都采取了客观、科学、认真的态度，但是那浩如烟海的大量研究之中，也不无缺乏严肃的治学态度的成果。面对春园截然相反的历史功绩和过失的时候，更有甚者会有一些失去理性，采取感性认知态度的研究实践。具体而言，对待春园亲日的问题上，在缺乏全面、认真和深层分析的状况下，不无用感性的指责代替理性研究，甚而至于采取人身攻击的个案。即便是那些研究在当时特殊社会环境中具有某种正当性，但实际上对春园的研究和评价造成较为普遍的负面影响，也给春园的形象造成严重的损害甚至诋毁。

与春园的境遇相反，鲁迅作为中国近代文学的代表作家之一，在韩国的接受伊始就以高大的形象走进广大韩国读者的心目中。固然鲁迅与春园的情形，在一些方面不无明显的反差，但是这些问题要回到两人的成长环境、时代背景，以及两个国度当时的历史背景当中去考察，不能单纯地仅凭表象进行判断，并简单粗暴地做出厚此薄彼的结论。

面对这样一个文学之外的难点，本研究认为对春园的研究中应遵循"不能忽略他的性格和环境的相乘作用"①的原则；对鲁迅的研究中认为有必要遵

---

① 全光镛，《李光洙研究序说》，《李光洙研究》，韩国：太学社，1983，第447页。

从20世纪80年代本土相关研究界提倡的"回到鲁迅那里去"①的主张。

本研究着眼点首先在于春园和鲁迅的文学同为近代文学这一特征,其次才是民族文学,这一认知在对二者的比较研究实践中尤为重要。正因为春园和鲁迅的文学属于近代文学范畴,才能开辟出反映民族现实的新境界,春园的文学是韩国近代文学,是韩国民族的近代文学,而鲁迅文学则是中国的近代文学,是中华民族的近代文学,他们各自代表着各自国家的近代民族文学。从这样一个视域下面对春园与鲁迅的比较研究时,褒贬任何一方都有失客观、科学。在充分考虑二者是属于不同的现实背景、时代要求和个人因素的影响下形成的、不同民族的近代文学的时候,才能做到真正科学和客观的比较研究。抛开两位作家当时所处的现实情况,仅仅从当下相对安逸、舒适的研究者主观视角出发,就会有失认真、客观的态度,就有可能对比较研究对象做出"褒贬"、厚此薄彼的错误判断。只有回归二者当时所处的各自的环境中去,用当时的视角审视他们并开展研究实践的时候,我们才能够远离"褒贬"某一方的错误,去获得真正意义上"实事求是"的比较研究成果。

即便如此,对春园与鲁迅身上客观存在的截然不同的一些对照面,本研究也不会忽略不计,将会以实事求是的客观态度去面对那些部分。

鲁迅和春园的文学传记本身不仅是认知中韩近代文学,同时又是深度理解中韩两国近代初期的重要标本。因为,他们两人的文学传记,即一生的经历,体现着19世纪后期在"西势东渐"的世界史潮流中,中韩两国融进新的世界秩序所经历过的阵痛之个人史层面的表现。

中韩两国有着相似的近代史,在经历世纪剧变的过程中,两国关系从传统朝贡体制(the tributary system)转变成为近代式的契约关系(the treaty system)。②近代以来,国家之间确立的这种关系模式,因其自身的合理性,至今被国际社会广为接受和认可。中韩两国之间这种新型的关系,成了划时代的一个契机,两国后来选择不同的社会发展轨道的根基,也是从这里得以起

---

① 王富仁,《中国反封建思想革命的一面镜子——〈呐喊〉〈彷徨〉纵论》,北京大学博士学位论文,1984。
② 权赫秀,《19世纪末韩中关系史研究》,韩国:白山资料院,2000,序论。

始。韩国终于摆脱了清朝附属国的命运，作为一个独立的民族登上了世界舞台，也从此渐渐脱离了"大陆文化"的影响圈。

这种政治状况和现实，也反映在两国的近代文学中。整体上看，从19世纪末开始，两国的文学逐渐形成各自的独立体系。在长久以来共有的汉字文化圈传统的基础上，经过批判和选择性地嫁接近代诸多舶来文艺思潮和倾向，从而形成两国各自不同的、近代意义上全新的文学。探究中韩两国这种文学演变的轨迹，解释其形态、同质性和异质性的形成原因，是近代比较文学研究的重要课题。这些研究对象从整体上看是"没有影响的相似性"，其最终目的在于为两国各自的文学研究建立一个参照体系。基于共有的文学传统，通过结合近乎相同的渠道引入的外来文艺思潮所形成的两国的近代文学，既具有相似的一面，而大部分又呈现出了独立的面貌。因此，中韩两国近代文学的研究，具有相辅相成的一面，相互之间极具参照意义。本研究作为中韩两国近代文学代表作家春园和鲁迅的比较研究，其最终目的和意义也就在于此。

春园和鲁迅的作品作为中韩近代文学的出发点，成为两国近代文学"没有影响的相似性"的典型案例。阐明他们所表现出来的同质性和异质性，将为找出两国近代文学，特别是初创期的内在本质提供一定的参照依据，因为它包含着对两国近代文学个别研究提供线索的可能性。从这个意义上，本研究对进一步探索和阐明两国的文学从"影响关系"过渡到"独立体系"的诸多现象，也将具有自身的现实意义。

第二节 鲁迅在韩国的接受和比较研究史综述

春园和鲁迅所表现出来的相似性早已为研究界所瞩目。在关注这种相似性的研究成果之前，本研究拟首先梳理一下鲁迅在韩国的接受过程。这是因为，先有了对鲁迅的译介等接受实践，通过这种先前的接受层面的各种工作，鲁迅才开始在韩国被广为人知，随之才有了与春园的相似部分的关注。另外，春园的研究成果将在后续中根据需求予以援用，因此为了避免重复，在本章节仅限于梳理韩国的鲁迅接受过程，以及与春园的相似性得到关注的细节部分。

鲁迅最早是由梁建植（1889—1944）译介到了韩国的纸媒体，[①]这已经是学术界的共识。但是，仅从题目上就可以看出，这并非专门系统介绍鲁迅的文章，后来随着被查明这篇文章是日本青木正儿原文的韩文翻译，在本研究领域里其价值就只能打上折扣。鉴于这个状况，首次在韩国介绍鲁迅的应该首推柳基石（1905—1980），具体而言，1927年8月他登在《东光》第16号的鲁迅《狂人日记》的韩文全文翻译，[②]就是其物证。以此为开端，郑来东关于鲁迅的评论文《中国短篇小说家鲁迅及其作品》[③]紧随其后。这两篇成为韩国最早有关鲁迅的作品翻译和评论。在这个时期，除上述对鲁迅作品的翻译外，还有几篇相关文章在韩国面世。从时间顺序来看，是金台俊（1905—1949）[④]、申彦俊（1904—1938）[⑤]、李陆史（1904—1944）的文章[⑥]。

之后，直至光复，即1945年8月15日止，由于当时日本总督府实施了严酷的审阅制度[⑦]，这一领域暂时处于低潮，没有再次出现有关鲁迅的文章。一度停滞不前的韩国鲁迅接受史，直到光复后才重新复活并恢复了活力。光复后，

[①] 梁白华，《胡适氏为中心的中国的文学革命＝于最近发行的「支那学」杂志》，1920.
[②] 青园译，《狂人日记》，《东光》1927年8月号（通卷第16号），220–226页。
[③] 丁来东，《中国短篇小说家鲁迅及其作品》，"朝鲜日报"文艺栏，1930年11月12日—12月8日（其间有5天未能连续刊载，有断续）。
[④] 天台山人，《文学革命后의 中国文艺观 △过去十四年△》"东亚日报"，1930年11月12日—12月8日连载（其间有10天未能连续刊载，有断续）。
[⑤] 申彦俊，《中国大文豪·鲁迅访问记》，"新东亚"，1934年4页，第30号。
[⑥] 李陆史，《鲁迅追悼文》，"朝鲜日报"，1936年10月23日—29日（其间2天没有连续刊载，有断续）。
[⑦] 根据韩国《新东亚社》1977年出刊的新年号别册《日帝禁书33卷》所示，当时日帝颁布的禁书中，有如下鲁迅的作品在列：
《鲁迅选集》，上海1937年。
《鲁迅文集》，1937。
《鲁迅遗著》，1937。
《现代小说集》（第一辑），上海1936（收录有鲁迅的短篇小说）。
《鲁迅最后遗书》，上海1936年。
《中国新文学丛刊书信》，上海1937年（收录有鲁迅的一些书信）。
《鲁迅散文集》，上海1937年。

最先关注鲁迅的人当属金光洲（1910—1973）。他于1946年与李容珪共同翻译出版鲁迅作品集[①]，还在1948年在《白民》上发表了《鲁迅和他的作品》[②]。除此之外，这一时期关于鲁迅的著述还有林炳夏的《革命作家鲁迅的回想》、金龙燮的《鲁迅论——酝酿期的文学》、朴鲁胎的《鲁迅论》、文璇奎的《谈鲁迅》[③]等。

在光复的曙光中东山再起的韩国鲁迅接受史，由于朝鲜半岛南北独立政府的成立以及随之引发的"6·25战事"，再次遭遇了一次挫折的命运。这是韩国民族面临生死存亡危机的时期，文人的越北或者被绑架赴北，导致文坛空前的破坏和萧条，就连本土文学的研究也遭遇了"死胡同"，鲁迅作为外国文学领域的研究只能受到冷遇。加上中国政府对"6·25战事"的立场以及保家卫国的抗美援朝，还有世界冷战格局之下的反共势力的干扰，都给韩国的鲁迅译介与研究带来一定的制约影响。前述的几篇鲁迅相关的文章，都是光复后初期几年内的文章，是尚未进入世界冷战历史阶段之前的成果。

处于停滞期的韩国的鲁迅研究，直到20世纪60年代才出现改善的迹象，其开端既不是作品的翻译也不是相关的评论，而是成均馆大学金哲洙1961年撰写的硕士学位论文[④]。该论文是韩国鲁迅研究史上具有划时代意义的成果。一篇学位论文的发表，不仅有作者的努力，还有几位在该领域造诣很深的教授的心血，从这个意义上讲，该学位论文的出现本身，就可以视作韩国鲁迅研究史上的一个里程碑。因为围绕这篇学位论文而聚集的具有专业知识的学术团队，是该领域的研究进入新阶段的智力基础。同时，中国文学研究的先驱者车柱环

[①] 金光洲、李容珪共译，《鲁迅短篇小说集》第1辑，首尔出版社，1946。翻译收录到了鲁迅的《幸福的家庭》《故乡》《孔乙己》《风波》《高老夫子》《端午节》《孤独者》等，并以"作者自序"为题，收录了鲁迅《〈呐喊〉自序》的部分内容，最后附了译者编撰的"鲁迅略转"。

[②] 金光洲，《鲁迅和他的作品》，《白民》1948年新年特辑号。

[③] 参阅 金时俊、徐敬浩共编，《韩国中国研究编著目录 1945—1999》（历史，哲学，语文学），韩国：松，2001年，471页。

[④] 金哲洙，《鲁迅研究》，成均馆大学校 硕士学位论文，1961。

和河正玉的文章①，也是20世纪60年代韩国的鲁迅研究领域添砖加瓦之重要成果。

前述的研究成果为基础，1970年代韩国的鲁迅研究渐渐恢复了活力。这一时期学位论文虽然只有一篇②，但相比前一时期研究氛围更加活跃，出现了4篇作品翻译和注解③以及9篇论文④，可见其研究气氛已经恢复正常并走上了正常的轨道。

学位论文的大量出现为标志的1980年代，是韩国鲁迅研究史上的一个划

---

① 车柱环，《民族, 反抗, 绝望-以鲁迅为例》，《文学春秋》，1965。
　 河正玉，《鲁迅文学的背景》，《空士论文集》，1966, 1。
② 李玲子，《鲁迅小说研究——以作品中的民众形象为主》，首尔大学校硕士学位论文，1970。
③ 成元庆 译注《阿Q正传》，三中堂，1975。
　 河正玉 注解，《阿Q正传》，新雅社，1976。
　 李家源 翻译，《阿Q正传, 狂人日记》，东西文化社，1978。
　 许世旭 翻译，《阿Q正传》，汎友社，1978。
④ 韩武熙，《鲁迅的文学和思想》，《成均》24，成均馆大学，1970, 180-190页。
　 车柱环，《鲁迅与执权》，《桥》，1971。
　 金永哲，《阿Q正传小考》，《文理大学报》18，首尔大学校，1972。
　 张基槿，《鲁迅和他的小说》，《世界文学全集》13，大洋书籍，1974。
　 李汉祚，《关于"药"》，《中国学报》16，1975, 71-80页。
　 全寅初，《阿Q正传研学（1）》，《人文科学》36，延世大学校，1976。
　 尹芳烈，《鲁迅论》，《论文集》6，首尔女子大学，1977。
　 许壁，《鲁迅研究》，《中国问题》，汉阳大学中国问题研究所，1977。
　 全寅初，《阿Q正传研学（2）》，《人文科学》38，延世大学校，1978。

时代的阶段。从1980年开始，出现了15篇有关鲁迅研究的硕士学位论文[①]，研究的视角涉及鲁迅的方方面面。从这些学位论文的题目上，我们就可以看到有对鲁迅小说的研究，也有对杂文的研究，有对文学思想的研究，也有对创作技法的研究，有对作家传记的研究，还有对作品中人物形象的研究。同时，这些论文清一色属于硕士学位论文，也就是说，没有一篇是对鲁迅的系统、全面的研究，而是针对某个特定部分的探析考察。除此之外，虽然还有部分相关鲁迅研究的个别成果，因这一段的研究实践的特点聚焦点在学位论文，就不进行一一列举。但是，鲁迅全部小说的韩文译本的出版因其特殊的意义，即鲁迅全部作品的韩译对扩大鲁迅的读者以及研究者队伍，具有举足轻重的贡献，所以一并列举在此[②]。这一时期，关注鲁迅的各个部分的硕士学位论文，以及数十篇相关论文及鲁迅全部小说韩译本的出版，为1990年代的鲁迅研究奠定了坚实的基础。

以博士学位论文，国外研究成果的接受，以及与中国相关研究界的直接交流等为特色的1990年代，是韩国鲁迅研究的一个高潮期。

[①] 胡啓建，《韓中兩國的近代初期文學比較研究》，首尔大学校硕士学位论文，1980。
　　金明壕，《鲁迅小说研究》，高麗大學校碩士學位論文，1980。
　　朴佶長，《鲁迅"吶喊"研究》，韓國外國語大學校碩士學位論文，1981。
　　金河林，《鲁迅小说的主题思想变貌过程研究》，高麗大學校碩士學位論文（1982）。
　　朴敏雄，《鲁迅小说的人物研究——吶喊和彷徨的民眾與知識人为中心》，延世大學校碩士學位論文，1983。
　　韓秉坤，《阿Q正傳研究–以性格創造为中心》，全南大學校碩士學位論文，1983。
　　白元淡，《鲁迅雜感文研究-作家的世界观与艺术形象化为中心》，延世大學校碩士學位論文，1984。
　　劉春花，《鲁迅有關婦女作品研究》，成均館大學校碩士學位論文，1984。
　　文聂郁，《鲁迅文学的背景，作家意识的形成过程》，高麗大學校碩士學位論文，1985。
　　尹榮根，《鲁迅初期小说的人物研究》，檀國大學校碩士學位論文，1985。
　　許庚寅，《鲁迅小说的文藝性研究》，延世大學校碩士學位論文，1986。
　　張惠瓊，《鲁迅"雜文"的藝術性研究》，檀國大學校碩士學位論文，1988。
　　曹容兌，《鲁迅小说的技法研究》，明知大學校碩士學位論文，1988。
　　李泳東，《鲁迅作品的思想研究》，明知大學校碩士學位論文，1989。
　　鄭東寬，《前期鲁迅雜文的人文主義研究》，嶺南大學校碩士學位論文，1989。

[②] 金时俊译，《鲁迅小说全集》，《中国现代文学全集》，中央日報社，1989。

第一章　春园与鲁迅比较研究的可行性

　　以前期的研究成果为基础，1990年代韩国众多的鲁迅研究相关的成果中，引人注目的是博士学位论文的大量出现①。这些博士论文的作者，在取得学位前后大多与中国相关学术界建立了学术交流关系，并在中国国内鲁迅研究专门刊物上发表了自己的论文②，与此同时，中国国内鲁迅专门研究者的大量论文也在韩国专门杂志上刊出③。这一时期韩国的鲁迅研究得以如此风生水起，首先得益于专门研究者孜孜以求的努力，其次1992年韩中建交以来两国日

---

① 也有硕士学位论文，这里仅列举博士学位论文。

金龍雲，《魯迅創作意識研究——"吶喊"，"彷徨"，"故事新編"为中心》，成均館大博士學位論文，1990。

金河林，《鲁迅文学思想的形成和转变研究》，高麗大學校博士學位論文，1993。

劉世鐘，《鲁迅"野草"的象徵體系研究》，韓國外國語大學校博士學位論文，1993。

嚴英旭，《魯迅文學的現實主義研究》，全南大學校博士學位論文，1993。

韓秉坤，《魯迅雜文研究》，全南大學校博士學位論文，1995。

朴佶長，《魯迅与"左翼作家聯盟"關係研究》，韓國外國語大學校博士學位論文，1999。

韓元碩，《阿Q典型研究》，檀國大學校博士學位論文，2000。

② 金河林，《魯迅研究在南朝鮮》，《魯迅研究年刊》（宋慶齡基金會，西北大學合編），中國和平出版社，1990。

嚴英旭，《韓國的魯迅研究動向》，《魯迅研究月刊》，1994年 第1期。

嚴英旭，《魯迅文學的創作手法》，《魯迅研究月刊》，1994年 第12期。

金泰萬，《魯迅諷刺理論研究》，《魯迅研究月刊》，1997年 第8期。

③ 韩国中国现代文学学会刊物《中國現代文學》，將1991年第6号冠以"紀念魯迅誕辰110周年特輯"，1993年第8号則冠以"魯迅文學與思想研究特輯"发刊，如同预告了韩国的鲁迅研究专门研究正式起步。在这些刊物上也有中国学者发表了鲁迅研究相关论文，同时，还有了第一部中国研究者的专著出版。（排列按照年度顺序）.

王士菁（申永復，劉世鐘 譯），《魯迅傳——魯迅의 生涯와 思想》，1992。

王富仁，《"狂人日記"細讀》，《中國現代文學》，第6號，1992。

林非，《魯迅研究的展望》，《中國現代文學》，第8號，1994。

嚴家炎，《論"故事新編"與魯迅創作思想的演變》，《中國現代文學》，第8號，1994。

王富仁，《中國魯迅研究的歷史與現狀》，《中國現代文學》，第8號，1994。

錢理群，《作爲思想家的魯迅》，《中國現代文學》，第8號，1994。

錢理群，《'想'與'说'（'寫'）的困惑——魯迅關於知識者的思考》（演講稿），《理論與實踐》，1994。

王富仁（金賢貞譯），《中國的魯迅研究》，世宗出版社，1997。

益改善的交流环境也是其重要原因。

综上所述，由于历史的原因韩国的鲁迅研究，经历了诸多坎坷、考验与波折。经历了这样一个艰难困苦的阶段之后，韩国的鲁迅研究终于具备了进一步进展的主客观条件。换句话说，拥有了较为专业的研究人员，还有方便的交流环境等史无前例的便利、优越的条件，我们有理由期待韩国的鲁迅研究将会在其深度和广度乃至质量上有更大的提升。

本研究梳理韩国的鲁迅接受史，是为了根据其成果来寻找韩国接受的鲁迅与韩国文学发生联系的契合点，结果发现韩国文学界是从1970年开始将鲁迅纳入与本国文学的比较文学研究范畴。这与如前所述，1970年开始韩国鲁迅研究复兴的时机相互吻合，车相辕和金允植的成果是其标志。

车相辕首次将春园和鲁迅作为比较研究对象。但是，他仅仅止步于对两个作家的生平传记的平面比较，同时，仅仅根据他们在日本的学习经历，推导出中韩近代文学发源于日本的错误结论[①]。从而，他的研究意义仅仅在于首次将春园和鲁迅作为比较对象这一点。

金允植则在揭示韩国近代文学特征的过程中，认为春园和鲁迅作为中韩近代文学的代表作家，有其比较研究的实际意义[②]。这只属于一种引起关注的提示而已，并不能算作具体的比较研究。

之后相关内容的研究成果，当属胡启建的硕士学位论文[③]。这篇论文也不属于关于春园与鲁迅的专门比较研究，论文只止步于把他们两人视作是中韩近代文学领域的一个案例，从而只是在结论里罗列了春园与鲁迅文学共有的民族意识和启蒙意识的同质性，以及发展趋势上的异质性而已，其局限性是只停留在表面特征的比较上，考虑当时鲁迅研究已经步入较为活跃的时期，浅尝辄止的这一成果难免令人遗憾。

刘丽雅基于上述研究成果，在春园和鲁迅的直接比较研究上做了一次尝

---

① 车相辕，《韩·中新文学运动的比较研究》，《中国学报》，第5辑，1974。
② 金允植，《近代文学领域韩·日·中三国的关系探讨及其问题》，《韩国文学的逻辑》，一志社，1974。
③ 胡启建，《韩中两国的近代初期文学比较研究》，首尔大学校硕士学位论文，1980。

试①。她注意到了二人生平传记，还有从追求言文一致为标志的中韩两国的近代启蒙运动过程当中选择了文学这一相似点。因此，她从两人所处的时代背景中寻找他们共同的文学主题产生的原因，并明确指出两人作品叙述方式的不同，根源在于两个人的时代意识和文学观的差异。该论文副标题为"以初期作品为中心"，因此只针对春园与鲁迅早期几部作品做了比较，虽然对春园和鲁迅的比较实践中得出一些自己的观点，但在对生平传记事实的年度和作品的解读方面，出现了一些明显的错误。而且，该论文也确为本研究强调的关于春园和鲁迅研究的可能性及其研究方法的探讨。因此，尽管在春园与鲁迅比较研究上做了一些尝试，但还是留下了诸多不足与遗憾。

拙稿《春园与鲁迅启蒙性格对比考察》②，也属于直接比较春园与鲁迅的研究实践。这篇论文以对春园和鲁迅的传记事实等基础性资料的考察为基础，试图揭示他们文学特征的一个侧面，即启蒙性质。该论文作为本研究的准备阶段，可以说是对研究方法和研究思路的一个探索，其整体宗旨是试图在春园和鲁迅的比较研究实践中，适用关注与聚焦文学现象本身的研究方法，拟去阐释他们的文学世界本身的异同点以及产生的原因。虽然不无一些遗憾，但庆幸能够为本研究提供更多的参考依据，期待在本研究中去完成对其的补足与完善。

综上所述，探讨了将春园和鲁迅进行比较研究的可能性，最终得以确认关于春园和鲁迅进行比较文学研究的可能性，以及在具体研究实践中必须遵守的一些重要原则。

第三节 研究方法与研究范畴

春园和鲁迅之间是否存在影响关系，如前所述尚且无法盖棺定论。虽然不是一定要期待影响关系成立的根据出现，但是目前研究界普遍认为很难有新

---

① 刘丽雅，《鲁迅与春园的比较研究——以初期作品为中心》，首尔大学硕士学位论文，1980。
② 权赫律，《春园与鲁迅启蒙性格对比考察》，仁荷大学校硕士学位论文，2000。

的发现或者突破。本研究的研究方法和研究范畴,也就由目前对春园与鲁迅之间并无影响关系成立这一事实来确定。

由于尚未发现春园与鲁迅的影响关系成立的事实依据,法国学派影响事实为前提的研究方法很难适用于本研究实践。但如前所述,春园和鲁迅在其生平的传记事实、社会背景、文学动机和实践等各方面都具有诸多相似性。不仅如此,他们文学实践的主要体裁都是小说,这也是本研究予以关注的相似性中的一点。本研究以春园和鲁迅的整体比较为研究目的,期待从比较文学的理论中获得方法论的支撑。

梵第根(Par P. Van Tieghem)1938年在其著作《比较文学论》中,指出只关注发信者和收信者之间的相互关系,即只研究两个要素之间事实关系的传统比较文学有其局限性,从而主张对具有世界性特色的主题、形态、传承等课题(subject)开展比较研究。他把诸多文学现象所体现的一般性的事实,或者文学附属的能够考虑的一些现象等的研究实践称为《文学的一般历史》,或简称为《一般文学》。[①]他主张,应以从整体上把握各种文学中出现的相同事实的研究方法,整合比较文学史和一般文学史,摒弃仅仅从一国文学史角度出发的比较文学,要进一步确立作为世界文学史的一个组成部分来构筑比较文学史和一般文学史。只有这样,才能重新认知具有比较价值和意义的所有文明国度的艺术和思想的连续性、共同性的一面,有可能小心地接近并研究相似的经典,使其更加清晰和完整。

梵第根发现并出于完善局限于两国关系的法国学派比较文学的不完整性的目的,提出了一般文学的观点。相对梵第根更高强度地批判法国比较文学的实证主义,并将一般文学研究方法确立为独立研究体系的人是美国的勒内·韦勒克(Rene Wellek)。韦勒克在1949年和奥斯汀·沃伦(Austin Warren)合著的《Theory of Literature》中,强调西欧文学的有机关联性的同时,主张要考虑来自东方文化的影响,要认识到"包括全欧洲、俄罗斯、美国及南美文学在内的紧密的内在关联性"。为此,他提议通过"将文学视做一个整体来考

[①] P. 방티겜(김종원 옮김),〈비교문학〉,예림기획,1999,第177页。

察"，去记述"无视语言上的区别、追寻文学的成长和发展足迹"的、"综合的文学史，超国民规模的文学史"[①]。

从梵第根到勒内·韦勒克的一般文学主张是本研究的基本理论基石。但这并不意味着在本研究中完全排除了立足于实证主义的法国学派的比较研究方法。虽然春园和鲁迅之间尚且没有发现发信者与收信者式的影响关系，但他们都将近代初期的日本作为共同的媒介来接触外国文学，这是不争的历史事实，本研究认为有必要去调查他们所具有的类似性的根源所在。事实上梵第根主张的一般文学，并不是为了与发信者和收信者相提并论的比较文学理论对立，勒内·韦勒克也持有同样的立场。前者只是"作为国民文学必要的补充资料和理所当然的延长工作，参考一般文学"，后者也强调"应该认识到的中心问题就是国民性问题，另外也不能忽视一般文学成立过程中各民族特有的贡献"的问题。因此，在本研究中将合并适用比较文学研究方法的两个主干——"没有影响力的相似性"的一般文学和"以影响为前提"的法国学派的比较研究方法，前者为基本研究方法，后者为辅助手段。

在比较文学的研究实践中，"经常会出现多种研究方法相互渗透的现象"[②]。本研究也同样遇到了相同的实例，因此除比较文学的方法之外，其他研究方法也具有其适用的必要性。对文学现象本体的分析以文学作品的研究为基础，这种实践需要动员各种研究方法，如传记研究方法和文艺社会学研究方法等，在本研究中同样也会并用诸如此类的研究方法。

本研究旨在对春园和鲁迅展开全面的比较文学研究。但从相似性角度来看，他们的全部文学作品难以纳入研究范畴。这如同在一位作家的传记研究中，与作品无关的传记事实会失去其意义一样。例如，春园的作品以长篇小说为主，鲁迅的作品则以短篇小说为主；春园虽然有很多描写青春男女爱情的作品，但鲁迅完全没有这种类型的作品等就是症结所在。还有，在历史题材作品的篇幅上也存在显著差异，即前述的春园的长篇小说和鲁迅的短篇小说形式的

---

① 勒内·韦勒克, 奥斯汀·沃伦共著,《文学의 理论》(金秉喆译), 韩国: 을유문화사, 第73-74页。
② 梵第根, 前列著作, 第69页。

问题，也是在比较研究中的实际难点。另外，春园的历史小说中存在错误的当代历史认知，也含有对自己的"亲日"行为进行辩解的部分，甚至不无过度渲染自己非亲日的部分。因此，为了对二人做一个客观的比较研究，更是为避免导出厚此薄彼的尴尬结论，有必要从比较研究的范畴上做一个客观的界定。基于这种考虑，春园与鲁迅的历史小说以及鲁迅逝世后，即1936年以后的作品，还有已认定为春园亲日性作品的部分，暂不列在本研究的视野范畴。

基于相似性原则，春园与鲁迅趋向近代思想的文学、民族主义思想形象化的作品等，在本研究中将是备受关注的部分。具体而言，二者文学世界中以近代意识和民族改造思想为主题的启蒙文学、农村或农民题材的文学、知识分子题材的文学等相关作品，是本研究直接做比较考察的对象。另外，即便是没有列在本研究直接考察范围内的作品，在本研究中依然将被用作具体比较研究实践的辅助资料。

第二章　比较研究的预备考察

第一节　春园与鲁迅文学传记的比较考察

一、家庭的没落与"个人"的发现

春园和鲁迅遭遇的人生的第一个转折点,都源于家庭的没落。春园在11岁时因霍乱失去双亲成了孤儿,而鲁迅则在13岁时目睹和体验了因祖父的入狱事件开始的家道中落。但是,他们的家庭实际上的衰败,远比他们所体验到的时机更早。春园曾多次表白自己是家庭已经衰败后出生的①,鲁迅家庭的衰败也不是在一朝一夕的遭遇②,换言之,他们的家庭在父辈当家的时候,都已面临着捉襟见肘、进退两难的窘境。

家道中落的不幸,对尚为少年的春园和鲁迅成了一个意外的契机,与年龄不相符,他们过早地被推到了家长的位置。因为是长子,父辈要承担的各种琐事,如包括涉及生计带来的经济问题,甚至家族圈内自己家庭的地位问题,都成了他们必须面对的分内事务。显然,实际上春园与鲁迅已经成了名副其实的少年家长。

春园在《人生的香气》中写下用破草帘子包裹父亲和母亲的尸体草草掩

---

① 《我》《他的自叙传》,《李光洙全集》6,参阅第438、第299页。
② 上海鲁迅纪念馆藏有鲁迅的父亲周伯宜于光绪十二年(1886年,鲁迅6岁时)立下的借据,写有:"今将己户拱字田契一纸,内载坐落甘亩头田五亩正,浼慰农乡兄向高姓押借英洋贰佰元正,面议八对月借洋还洋,利计每月一分二厘起息,按月支送。恐后无凭,立此为据。"可见,当时鲁迅的家庭,确实已经到了入不敷出的艰难境遇。

埋、人们嘲笑简陋的迁葬父母遗骸的事情，称那些往事对自己是一件刻骨铭心的惨痛的记忆。因此，他下定决心一定要好好抚养年幼的妹妹，至少让妹妹能够嫁到好的婆家①。在自传体性的另一篇文章《我的自白书》中，春园表达了要尽全力奉养卧病在床的祖父的愿望，同时对曾羞辱父亲求其女做自己儿媳的某个人，表现出了强烈的复仇心理："总有一天让你后悔没让我做你女婿。"②另一则自传体的文章《他的自传》中，春园写道曾听到有个小孩说自己的妹妹长得比别人家的孩子丑，顿时就萌生过去杀死那个孩子的念头。这也是考察春园性格形成当中不可忽略的一个细节，春园向我们展示了对家庭的一种特别的爱与作为长子特有的责任感。如果春园没有目睹父亲平时作为五代长孙祭拜先祖的场面，很难想象他小小的内心就具有对家庭那样的爱与责任感。因此，我们不得不承认春园那早熟的成人意识。为了承担家长的责任，他必须克服自己的孤儿身份，而要摆脱卑贱的地位则必须通过身份的上升成为所谓的"贵人"，这是唯一的途径。家庭遭遇不幸的经历，使春园过早地步入成人的世界，而这一段所经历的点点滴滴，使他渐渐地认知了人情世故，模糊间感悟到了自己的人生目标。

春园成为少年家长之后，为没落的家庭承担的全部责任，可以说都有具体细化的环节。重新风光地迁葬父母，用上好的石料立下墓碑，这算是后事，而需要照料年幼的妹妹、赡养祖父的事情却是迫在眉睫的现实问题。为此，春园做过上山砍柴卖钱、倒卖香烟等营生。当然，刚开始不仅祖父还健在，虽然并不能提供什么实质性的慷慨帮助，但在某种程度上还有可以依赖的一些亲戚。因此，实际上春园并没有承担所有的家庭生计。也就是说，与春园本人在多篇自传性质的文章上写自己完全孤立无援的记录相比，实际上他应该有一定的余地。但是，春园却感觉自己独自一人完全负责了祖父和妹妹的生计。总之，春园从少年时代就意识到了家长的责任，而且由于他自己的夸大，内心无形中形成一种夸大自己存在感的错觉。所以，像祖父、妹妹这样具体需要照料

---

① 《人生的香气》，《李光洙全集》8，第238页。
② 《我》，《李光洙全集》6，第472页。

的对象消失了的时候,一定要为谁服务的"责任感",成了春园内在的一种心理需求。

对于长子来说,父亲既是敬畏可怕,又是需要克服和超越的存在。在春园看来,祖父或父亲都是"不学无术""无所作为之辈"[1],"无论是祖父还是父亲还是叔叔,在这个世界上都是毫无用处的人。"春园的内心充斥着相对父辈的优越感。他们是"承继了祖先的遗业后,游手好闲、坐吃山空直至穷困潦倒也无能为力""即便是眼前要饿肚子了,也不知如何是好"的一帮人。正是基于对父辈的这样一种理解,春园才能大声疾呼"他们怎么可以教导我们,即便是有能力教导我们,那些父老的教导,能派上什么用场呢"[2]。即使不借鉴弗洛伊德"无法把自己与父亲同等看待,却以拥有如父辈力量而自居"[3]的俄狄浦斯情结的理论,我们也能确认春园"超自我"意识形成的根源所在。

相对不争气的父亲,春园未成年时就已经在东学组织里享受了"上宾"和"大人"的待遇,并自以为承担着妹妹和祖父的全部生计。因家道中落而迅速具体化的长子的"责任感",以及相对父亲的绝对优越感是春园"个人"的发现。在形成近代意义的"自我意识"之前,作为个人自尊意义上的"个人"意识,就这样从家道中落的春园身上萌发并壮大。可以说,大力提倡近代"自我意识"的春园初期文学创作实践,其重要的根源就起始于此。

鲁迅也是家中的长子,13岁时祖父的科举事件和16岁时父亲的亡故,使他在手足无措与懵懂之间,被推到了"家长"的位置上。从此,年仅13岁的他就开始承受了家庭内部财产纠纷等棘手的现实问题导致的压力[4]。鲁迅对此事的描述显得淡定:"到我十三岁时,我家忽而遭了一场很大的变故,几乎什么也没有了;我寄住在一个亲戚家里,有时还被称为乞食者。"[5]但是,事实上这件事作为鲁迅家庭没落的直接原因,对他的打击很大。对此,他的弟弟周

---

[1] 《今日我韩青年的境遇》,《李光洙全集》1,第528页。
[2] 《他的自叙传》,《李光洙全集》6,第307页。
[3] 막스 멜네트/ 이규현 옮김, 〈프로이드와 문학의 이해〉, 문학과지성사, 1997, 제793쪽.
[4] 参阅:周启明,《鲁迅的青年时代》,《鲁迅回忆录》(专著部分 中册),北京出版社,1999,第793页。
[5] 《俄文译本〈阿Q正传〉序及著者自叙传略》,《鲁迅全集》7,第82—83页。

作人证实说："本家的轻蔑和欺侮，造成他的反抗的感情，与日后离家出外求学的事情也是很有关联的。"[①] 从这个事件中衍生出来的种种事情，最终让鲁迅开始了"走异路，逃异地，去寻求别样的人们"[②]的人生。其实质是看破了"所谓上流社会的虚伪和腐败"[③]后的"叛逆者"式出发。鲁迅并不是在正常的成长过程中，渐次地看到世间万象，而是在小小年纪就突然接触到了"世人的真面目"[④]。鲁迅始终主张"任何时候不要相信流于表面的东西"[⑤]，"唯有黑暗和虚无乃是实有"[⑥]，从而毕生致力于"扰乱黑暗"[⑦]的身体力行，在其少年时期的经历中就可以找到根源。

如果说春园在感悟长子的"责任感"，以及相对父辈之绝对优越感的过程中达到了"个人"的发现，那么鲁迅则表现出了与他不同的一面。在后文比较步入社会场景的时候，将会有更加具体的分析，实际上鲁迅不仅在对家庭的责任心方面，在选择自己个人生活方面也表现出了更加鲜明的自主性。

春园在成为孤儿的前后，接触到了韩国的古典文学作品。虽然不是有意识的阅读，但可以推测对于天资聪颖的春园来说，这成了非常珍贵的文学种子。下面的引文虽然有些长，但集中地体现着分散于春园多篇文章中的类似的内容，与春园文学根基和基本修养的培养有密切的关联，因此对相关部分进行摘录如下。

我的外祖母去年喜欢看故事书，但因为眼神不济，养成了叫人来给她读故事书的习惯，大概这对我算是一个刺激吧。我在五六岁光景已经学会了韩语，就给外祖母读故事书，作为奖赏能够讨得东西吃。（中略）记忆中给外祖

---

① 周启明，《鲁迅的青年时代》，《鲁迅回忆录》（专著部分 中册），北京出版社，1999，第793页。
② 《自序》，《鲁迅全集》1，第415页。
③ 《英译本〈短篇小说选集〉自序》，《鲁迅全集》7，第389页。
④ 《自序》，《鲁迅全集》1，第415页。
⑤ 《两地书·一十》，《鲁迅全集》11，第39页。
⑥ 《两地书·四》，《鲁迅全集》11，第20页。
⑦ 《两地书·二四》，《鲁迅全集》11，第79页。

母读过《德哥传》《苏大成传》《张凤云传》等故事书。（中略）有个远房堂姐，对我来说是文学教师……在这个堂姐的影响下，我读了很多故事书，如《谢氏南征记》《彰善感义录》《九云梦》等，不仅读了很多能借到的故事书，也听了很多故事书（中略）。这些应该算是，我的幼年时积累的文学底子吧。（中略）当时我读了汉文的《无题诗》《马上小诗》《古文真宝》等外没有接触其他文学类书籍，记得十一二岁的时候读到了诗歌类。（中略）这些诗歌，给我提供了很多的文学滋养，相比后来所读到的任何伟大的作品印象都要深刻。古朝鲜应该有很多这样美丽的诗篇，却都已散失，着实可惜①。

在较为敏感的少年时期的经历，其影响力会持续长久，甚而至于可能影响一个人的一生。春园少年时期就曾因古代那些美丽的诗篇未能传承至今而感到十分惋惜，所以，因其少年家长式膨胀的责任心使然，内心萌生出承担起拯救那些美丽诗篇的复活之责任，对春园来说也是顺理成章的事情。后来，春园强调民谣和传说对新文学的绝对必要性，指出如果不承继古诗歌那样的情操和思维，就不能建设真正意义上的朝鲜民族文学②。

春园就这样从小接触传统的民族文学之精髓，对文学有了自己特有的理解。对于春园来说，那既是文学种子，又是成为作家的基础。要而言之，家庭的没落在一定意义上来说，为春园提供了接触韩国传统文学的契机。

如果说春园在幼年时期作为孤儿，机缘巧合接触到了朝鲜的传统文学，那么，鲁迅的情况则相对春园幸运得多。鲁迅曾表示："我最初去读书的地方是私塾，第一本书读的是《鉴略》。"③鲁迅7岁的时候，第一次去的私塾是本家办的，启蒙先生是秀才出身的堂叔辈④。据年谱记载，鲁迅喜欢在启蒙先生家里读一些有插图的关于植物学的书，有些时候还央求大人非要给他弄来一些

---

① 《多难的半生途程》，《李光洙全集》8，第445-446页。
② 《民谣小考》，《李光洙全集》10，第294-396页。
③ 《随便翻翻》，《鲁迅全集》6，第136页。
④ 《鲁迅年谱》（第一卷），人民文学出版社，2000，第13页：启蒙先生一说叫玉田；另一说叫花塍，均为秀才，是鲁迅的堂叔辈分。

书读不可，对此，鲁迅有如下记录。

在我们聚族而居的宅子里，只有他（指玉田——笔者注）书多，而且特别。制艺和试帖诗①，自然也是有的；但我却只在他的书斋里，看见过陆玑的《毛诗草木鸟兽虫鱼疏》，还有许多名目很生的书籍。我那时最爱看的是《花镜》，上面有许多图。他说给我听，曾经有过一部绘图的《山海经》，画着人面的兽，九头的蛇。三角的鸟，生着翅膀的人，没有头而以两乳当作眼睛的怪物，……②

鲁迅的文学体验，始于家庭为其准备的较为优越的条件。鲁迅的祖父为了长孙的教育，特意从北京寄回了《诗韵释音》《唐宋诗醇》等书籍，并写信叮嘱儿子先挑选易懂的白居易的诗，然后再读陆游的诗等针对鲁迅的具体教育方案。周作人说，鲁迅在幼年时期喜欢描摹书中的插图，这对后来他沉醉于版画等艺术活动也产生了一定的影响；少年时期购买的文学书籍和因祖父事件到外婆家避难时读过的很多小说，对后来编写《中国小说史略》等有了相当大的裨益③。

如果说春园在给祖母读故事书的过程中，丰富了想象力，那么鲁迅则是通过他的保姆长妈妈那里听到的很多故事，培养了自己的想象力。鲁迅用文言文写的第一部作品《怀旧》，就是根据从做杂活儿的女工那里听到的故事写成。

总之，由于家庭的没落，春园和鲁迅都以小小年纪就承担起了家庭责任。春园在形成个人傲气的同时，还养成了夸大自己责任的习性，这成为他后期自恋癖的根源。虽然不是独自承担对祖父和妹妹生计的重任，但春园却误以为是自己全权承担了那一切。这种"责任感"逐渐被春园内面化，之后在文坛和社会上过度强调自己责任的思维习惯的端倪，也可以从这里找到根源。总

---

① 制艺,试帖诗,均为科举考试规定的诗文。
② 《阿长与〈山海经〉》,《鲁迅全集》2,第246–247页。
③ 周启明,前列书,第799页。

之，在这样的成长过程中春园发现了"个人"，培养了"自尊"意识，而这又成了他近代"自我意识"的原型。

鲁迅在家长的位置上惊讶地接触到了过去闻所未闻的社会阴暗面。换言之，鲁迅并不是遵循正常的成长顺序，而是意外且过早地窥见了人性阴暗的一面。他后来倾注于揭露社会阴暗面的文学实践，与这一段的经历不无关系。从而，他树立了只有消除这种阴暗面，才能恢复记忆中的美好世界的逆向逻辑。另外，尽管有祖父和母亲的存在，鲁迅在选择自己的人生道路时表现出了强烈的自主性，这意味着鲁迅早熟的成年意识。

鲁迅少年时期在家庭的辅佐下积累的文学素养，相对艰难度过少年时期的春园更加丰富多彩。这是因为鲁迅正常完成常规的教育过程之后，才遭遇了家庭的衰败，而春园的家庭衰败则是在他幼年时期，从而使其失去正常接受常规教育的机会。春园和鲁迅都在少年时期经历了家庭衰败的不幸，庆幸的是他们都在这一过程中，有意或无意当中接触到了各自国家的传统文学。

二、步入社会与"民族"的发现

春园和鲁迅都在艰难的状况下身不由己，比一般人更早进入成人的世界。对于尚没有任何准备的两个少年来说，所要面对的突如其来的现实，与他们之前所认知的世界截然不同。春园和鲁迅过早且过于突然完全暴露在扑面而来的严酷的现实面前，他们毫无经验，也毫无值得借鉴的先例，这是一次完全毫无防备的遭遇。他们这般个人经历，与各自国家所面临的形势也颇为相似。韩国和中国在没有充分具备接受近代化条件的情况下，迫于外部势力的压力开放国门，被强行拖进了西势东渐的潮流。由于家庭的没落，在还未具备鲜明的主观意识的情况下，春园和鲁迅就开始在成人的世界里谋生。这种情形颇似在自行步入近代化条件缺位的条件下[1]，被迫卷入世界近代化浪潮的韩国和中国当时状况，从此意义上春园与鲁迅恰好可以视为各自国家当时历史情况在个人

---

[1] 林和，《林和新文学史》（林奎灿，韩辰日编），一志社，1993，第23页。

史上的表现。

  春园于1903年12月，经东学的接主承履达的介绍加入东学，寄宿在朴赞明大令的家，开始了秘密传教活动。那时，他似乎过着比在家里更安稳、舒适的生活，因此，很难将其视为背井离乡生活的开始。结束这种生活的契机是日本官府对东学的镇压，随之春园也成了悬赏逮捕的对象。春园的背井离乡，这才应该是真正的起点。

  1904年春园告别祖父，独自乘船经过济物浦前往首尔。春园加入以"布得天下，广济苍生，保国安民之大德大道"为宗旨的东学，就已经很清楚自己作为东学成员"不管是韩国官府，还是日本宪兵，只要被抓住就要掉脑袋"[①]。何况他又是悬赏捉拿的对象，被标注"活捉赏金100元，举报藏身处赏金20韩元"[②]的奖金。在这千钧一发之际，春园逃离家乡的情形，完全可以用"悲壮"来形容，因为那是从事为民众、民族的事业，而被迫逃脱悬赏缉拿的危机。然而，需要关注的是当时东学原本的"斥洋斥倭"性质已经弱化，与日本并非完全处于敌对关系[③]。因此，春园后来大写特写自己这次逃脱境遇，不免让人怀疑是否也属于试图给自己的行为加上"高尚的名分"的习惯使然的结果。尽管如此，在春园的一生中，这次经历是与民族的生存问题相关联的第一个事件，因此，对他来说这等同于"民族"的发现。但是，因为这不是春园自主选择的结果，所以，后来当他自认为居于民族领导者阶层的时候，更想美化和强调这种经历，参照春园"自恋癖"的习性来说，也许这也是他的一个刻意而为。

  目睹沙俄军队的暴行，春园曾因"我们民族又弱又没出息而愤恨"[④]，因此可以推测，"为了民族"而遭遇的个人危机会令他无比的自豪。"好，走着瞧吧！我将用我的鲜血来恢复祖国的荣耀"[⑤]，内心燃烧着如此悲壮的信念，

[①] 《我的告白》，《李光洙全集》7，第224页。
[②] 同上书，第220页。
[③] 崔元植，《李光洙与东学》，《韩国近代小说史论》，创作과비평社，1986，第319–321页。
[④] 《我的告白》，《李光洙全集》7，第220页。
[⑤] 《我》，《李光洙全集》6，第471页。

所以他的作品中也充溢着"通过教育，通过身体力行"①类的悲壮情绪。春园的这些文学作品中所设定的场景，都应该与其为民族而遭遇过的"悲壮"的出逃联系起来考察。不仅如此，春园刻画的知识分子题材作品中，相对普通民众显得更加优越的知识分子形象、农民小说或以农村为主题的小说中出现的精英知识分子、历史小说中出现的国王或名臣形象，只有与步入社会就一跃而入民族领导层的春园的经历，以及那"悲壮"的背井离乡经历联系起来考察，才能得到合理的解释，可以寻根求源春园创作的真正思想动机。春园后来经常在带有自传性质的文章中提及这些事实，如果仔细考察就会发现那些文章刊出的时机，都时值他迫切需要对自己某段人生进行"辩解"的时期，其性质就更有必要予以深度剖析。总之，以这样一个"悲壮"的出逃为起点，直到1921年回国为止，不管自主选择与否，也不管契机如何，春园事实上确实大部分时间活跃在相关民族事业的领导人阶层。

春园在摆脱日本宪兵缉捕的危机后，经由首尔踏上了留学日本的道路。春园的日本留学始于1905年，起始却并不顺利。春园在1906年末经历了学费中断风波，作为"家庭的孤儿、民族的孤儿"②，春园的留学生涯也笼罩着一丝阴影。这也是将他个人与"民族的发现"联系起来的一个契合点。春园从自我民族面临的严峻现实，以及为克服那一切而奋不顾身的民族志士（东学领袖人物）的言行中，尽管还有些茫然，但毕竟发现了"民族"的存在。此时，恰巧遭遇个人的危机，使春园将茫然的民族意识与个人的危机意识撮合到一起，最终呈现出一个具体的状态：春园发现的"民族"给了他另一个"爱"的对象，在这个"爱"之对象"民族"相关的事业中，他寻觅出克服个人危机的突破口。

1909年末，发表日语小说《爱か》（《爱与否》）之后，春园踌躇满志，认为自己"还有什么可学的呢，我不是已经达到了知识的最高境界了

---

① 《无情》，《李光洙全集》1，第205页。
② 金允植，《李光洙及其时代》1，松，1999，第244页。金允植认为："孤儿意识"是春园主观的原型，他既是"个人意义上的孤儿，也是民族意义上的孤儿"，并指出"孤儿意识"导致春园"情爱饥渴症"。

么"①，随之应五山中学的聘请，回国成为一名教师。在这一阶段，他甚至被称为"民族狂"，的确狂热地"只沉迷于民族问题"之中，因此，在"这个激情的少年教师纯情的教育"熏陶下，他的学生全都成了"日本宪兵最讨厌的'Yobo'②（日帝殖民统治朝鲜半岛时期，对朝鲜人的蔑称——笔者注）"。在五山任教时期，春园曾举行过托尔斯泰的追悼会，后因与学校的实际营运组织——教会对立而遭到排斥。考虑到托尔斯泰曾被俄罗斯国教东正教会和新教派所排斥，春园特意把自己在五山中学任教时被主管学校的罗伯特牧师以异端分子为由开除的经历记录下来③，很是耐人寻味，这应该是他自视为当时韩国的托尔斯泰这一心境的迂回表现。由此我们也可以推断，他在后期的创作中经常把自己投影在伟大人物身上，以吐露自己当时心声的根源也就在此发端。

1915年春园第二次去日本留学，已经历一些人世艰辛的春园，表现出似乎比过去狂浪不羁的少年时期更加成熟的一面，这在具体作品的分析过程将有清晰的交代。这一时期春园的创作也已摆脱早期个人身边杂记类的特征，试图积极主动地将近代自我意识与民族意识融合到一起的努力历历可见。同时，他开始更加主动地参与民族运动的实践，1919年起草《2·8独立宣言书》正是其开端。春园这一新的人生起点，再次起步于民族运动的领袖层面。

起草《2·8独立宣言书》后，同僚都很担心他的健康状况，加之出于宣言书的海外宣传任务需要，春园被委派到上海，还一度出任大韩民国上海临时政府机关报的主编。1921年，春园毅然踏上后来备受指责的回国之行，应该算是自己个人角度的一个新的人生起点。当时，促使他回国的主要因素有当时临时政府的内部纷争、爱人许英肃的来访以及自身健康状况的恶化，还有"立下人生志向，开始一番事业"④的决心等不一而足。与春园本人的解释无关，人们对他这一段传奇经历褒贬不一，对春园这一段行踪的诸多疑惑，甚至对他的生平和亲日行为的评价也产生了深远的影响。以这次回国为契机，春园俨然成

---

① 《他的自叙传》，《李光洙全集》6，第341页。
② 金东仁，《反逆者》，《白民》第五辑，1946.10，第70页。
③ 参阅：《托尔斯泰的人生观》，《杜翁与我》，《李光洙全集》10，第487页。
④ 《人生的香气》，《李光洙全集》8，第227页。

为国内民族运动的领导者,他担任了修养同友会的韩国实际负责人和韩国文坛的领袖。至此,一直活跃在民族独立运动最前沿的春园的志士角色忽然消失,现实中只剩下启蒙文人、作家春园。不管春园自己提出的理由和辩解如何,这种转换本身已经显现出向殖民统治下的现实妥协的预兆。他不仅脱离志士的独立斗争路线,而且放弃抵抗信念,向渐进论和实力培养论倾斜,实际上已经等同于顺应了当时殖民统治的政治体制。春园之所以没能看透殖民统治阴险的一面,源于他"对所遭遇的问题,不仅总是满足于表面和片面的理解,还总是过于武断且充满自信"①的个人自恋癖所致。

如果说在春园的一生中,为民族事业的第一步是在无意识当中的选择,那么在1919年草拟《2·8独立宣言书》后,他的行为就渐渐显得更加自觉和主动,其间像第一次出发那样的"悲壮"性质和径直登入领导层的情况却依然没有变化。为民族而奋斗的实践过程,对春园来说同时也是实现自己个人理想的过程,而且他始终如一地站在斗争的前沿。但是,在现实中遇见具体困难之时,春园遭遇的大多情况是屡屡失败,是充满困苦的过程。东学的经历、对上海临时政府前景的怀疑以及同友会活动受限等,都让春园感到美好的理想与骨感的现实之间的巨大鸿沟。接踵而至的困难、挫折、失败,最终将春园推向个人崩溃的边缘。春园无视被绝对的权力所左右的现实,试图依靠浪漫的理想主义意志推动民族运动,但始终没能摆脱殖民地现实和绝对权力的磁场,最终不得不走上不齿的妥协,甚至变节。"只为朝鲜民族的幸福奋斗了五十年,也为朝鲜民族的幸福而主张与日本合作"②的评价,前半部分完全被后人所否认,只有后半部分的"与日本合作"常被广泛应用于评价春园的功过是非。经历1937年同友会的起诉事件之后,春园终于意识到道德意义上的人格改造运动的苍白无力,同时妄图以一己之力改变一切的自己是多么的微不足道③。然而,当春园经过冷静地分析后判断自己如同鲁迅笔下"阿Q"的时候,他的身上已

---

① 金鹏九,《新文学初期的启蒙思想与近代自我——春园为例》(1964),《李光洙研究》(上),太学社,1983,第114页。
② 金东仁,《反逆者》,《白民》第五辑,1946.10,第74页。
③ 参阅:《鬻庄记》,《李光洙全集》4,第494页;《序文》,《李光洙全集》10,第539页。

经被深深地打上了"民族罪人"的烙印。

鲁迅的情形又如何呢？鲁迅步入社会的整个过程中，丝毫不见如春园那样的"悲壮"。春园是在从事民族事业当中，为了摆脱因之而起的危机才背井离乡，而鲁迅的背井离乡，完全起因于个人状况。分析鲁迅生平最有参考价值的文章是1923年8月，北京新潮社出版的鲁迅首部短篇小说集《呐喊》的自序，还有1925年应俄罗斯人王希礼（Б.А.ВасиЛьев）之邀而作的《俄文译本〈阿Q正传〉序及著者自叙传略》。

在这两篇文章中，摘选关于描述鲁迅离开家乡的部分如下，从中我们能够可以全面考察其具体情形。

（a）有谁从小康人家而坠入困顿的么，我以为在这途路中，大概可以看见世人的真面目；我要到N进K学堂去了，仿佛是想走异路，逃异地，去寻求别样的人们。我的母亲没有法，办了八元的川资，说是由我的自便；然而伊哭了。

（b）我渐至于连极少的学费也无法可想；我的母亲便给我筹办了一点旅费，教我去寻无需学费的学校去，因为我总不肯学做幕友或商人，——这是我乡衰落了的读书人家子弟所常走的两条路——其时我是十八岁，便旅行到南京，考入水师学堂了。

（a）摘自前述文章的前者，（b）摘自后者。鲁迅在家庭经济崩溃而难以筹到学费的情况下，选择了不收学费的学校，显然这个选择极其普通，根本无法发现什么"悲壮"性质，完全是一个普通人平凡的人生转折点。在这样的人生转折点上，能够看到的只有曾感知人世间卑劣面目的鲁迅淡定、冷静的人生态度，鲁迅在创作实践中执着于生命尊严的问题，也应该与此间经历不无关系。从个人的生存问题，到逐渐去关注民族整体生存的环境，再到重新探寻人类生存的基本条件，鲁迅一生孜孜以求的目标不言而喻。"第一要生存，第二要吃饱，第三要发展"①，这是鲁迅最基本的主张之一。他不仅指出了妨碍人类生存的所有障碍，并把揭露、消除这些障碍当作自己一生所要从事的"本行"。如果未曾经历关于生存问题的切身体验和苦恼，鲁迅应该也很难义无反顾地、坚决投入一生的"孤军奋战"。

鲁迅把关于个人生存的问题，积极主动地与民族生存的问题联系起来。对于当时被所谓的"传统"和"国粹"所累，对改革犹豫不决的社会倾向，他提出："要想让我们保存国粹，国粹也应该保护我们自己。"②同时，鲁迅揭发过去压迫和扼杀人性的封建历史，指出如果不与披着所谓"国粹""传统"的外衣去阻碍人类生存的传统礼教进行斗争，"中国人将被'世界人'排挤出去"。③鲁迅的作品集《呐喊》里收录的《狂人日记》《孔乙己》《故乡》等作品，之所以能够深入阐发民族各阶层的生存问题，都与曾因生计问题而苦恼过的鲁迅自身的传记经历大有关联。

鲁迅到南京选择一所不收学费的学校，从而走上科学启蒙之路。昏庸的医生给父亲开出来的荒唐诊断和处方等，促使鲁迅对科学产生与众不同的关心。另外，当时因甲午中日战争的失败而不了了之的洋务运动，康有为、梁启超等主导的短命的"百日维新"等所助长的追求西方思想和文化的社会风气，也对鲁迅走上科学启蒙有一定的影响。尤其是考虑到鲁迅所在的学校是洋务派"实业救国"实践的一部分，鲁迅走上科学启蒙之路，着实是件顺理成章、水到渠成的选择。鲁迅从此开始致力于翻译、介绍进化论和自然科学以及科学小说等工作，而这一选择对他1906年选择医学专业，也产生很重要的影响。

鲁迅对科学启蒙的信念，以1906年的"幻灯事件"④为契机迎来新的转变。从此，鲁迅认为改变中国国民的精神状态是首件要务，并选择文艺道路作为最有效的手段。然而，这条路并不像当初预计的那样平坦。随着杂志的创刊

---

① 《忽然想到》第45页、《北京通信》第51页，《鲁迅全集 3》，人民文学出版社，1980（以下，该全集省略出版社，出版年度信息）。

② 《三十五》（1918年的随感录部分——笔者注），《鲁迅全集1》，第306页。

③ 《三十六》，《鲁迅全集 1》，第307页。

④ 关于"幻灯事件"的始末，参阅《"呐喊"自序》，《鲁迅全集1》第416页。

和译书出版计划的失败，鲁迅对自己有了一个冷静的认识，即"我绝不是一个振臂一呼应者云集的英雄"①。这一点与春园在文艺的起点上发表《无情》，一举成名且名声大噪形成鲜明对比。鲁迅之所以从来没有在自己的作品中刻画英雄形象，不仅与他致力关注和改善普通民众的生存条件有关联，也与他对自己的那种客观的自知，以及亲身的经历有着密切的关联。

1909年鲁迅选择回国，是因为承担作为家长应负起的家庭责任。因为考虑自己为家人生计的责任，鲁迅甚至曾放弃革命团体"光复会"成员的身份。春园因为祖父的去世和妹妹的不幸遭遇，卸下了家长的责任，将爱的对象直接转变成"民族"，但是，鲁迅却始终肩负着维持家庭生计的重担。

回国后，鲁迅曾经历了教师②、官员③和大学教授④等丰富的人生体验，这些履历后来为他提供从事文艺创作的重要素材；这一阶段对古籍的探索，也为后期创作和研究著述奠定坚实的基础。直到1918年《狂人日记》发表之前，鲁迅似乎一直意志消沉，但实际上并非如此。回国后耳闻目睹的辛亥革命、第二次革命、袁世凯和张勋的复辟丑剧等历史事件，使鲁迅对当局和当时的局势均抱有深度的怀疑和无比的失望⑤，这促使他重新审视一切，开始探索中华民族新的出路。

1918年，鲁迅以小说家、文学批评家等身份开始活跃于文坛，这也是他摸索和积累经验的一年。他的好友钱玄同曾参与主导中国新文化运动的杂志《新青年》，与之就"铁屋"进行了一番探讨后，鲁迅宣告自己文学思想启蒙的开始，中国近代文学史上的第一部白话文小说《狂人日记》的发表就是一个重磅信号。批判整个封建家族制度和礼教的这部作品为开端⑥，鲁迅开始通过

---

① 《"呐喊"自序》，《鲁迅全集1》，第417页。
② 根据当时清政府的规定，公费留学生毕业回国后，必须从事5年专职教师职务。该信息请参阅前列《鲁迅年谱》，第184页。
③ 1912年2月中旬始，至1926年鲁迅曾就职于教育部。参阅《鲁迅年谱》，第288页。
④ 从1912年5月初至1926年，鲁迅曾在北京大学、北京女子大学讲授中国小说史课程。离开北京赴厦门后，由朋友林语堂介绍，任教厦门大学。离开厦门后，辗转到了广州，曾任中文大学教授。
⑤ 《〈自选集〉自序》，《鲁迅全集》4，第455页。
⑥ 《〈中国新文学大系〉小说二集序》，《鲁迅全集》6，第238页。

改造中国国民性，挑战阻碍民族理想的、自由生活的一切因素的宏伟事业。如果说，春园的创作和写作活动在日本帝国主义殖民统治下并不那么自如，那么，鲁迅的创作实践与活动就无法避免在当时的中国半殖民地半封建的社会背景下守旧派和"权威"政治势力的迫害，以及所谓"纯文学派"的攻击。面对那些恶势力，绝不让步、永不妥协的态度是鲁迅性格坚韧的一面，早熟的成年人思维，还有长期的平凡而艰难的最底层生活的体验，也对鲁迅刚直不阿的斗争提供一定的支撑。在经历并不平凡的那些日子里，鲁迅因得肺结核（这也是春园的痼疾），于1936年结束了波澜壮阔的一生。

总之，春园和鲁迅步入社会，都不是遵循正常的人生轨迹。由于家庭的没落，他们比同龄人过早地被推到了成年人的世界里；在还没做好成为家长的准备，也没有任何可参照经验的年龄段，就被动推到了纷繁芜杂的社会。

春园的社会体验，始于加入当时提倡"斥倭斥洋"的东学团体。当时东学的反外部势力，即反日情绪的减弱值得我们去思考。虽然这与他的亲日行为并没有直接关系，但是在这种性质的团体里开始社会生活，绝对不是自负为民族领导人的春园心甘的事情。由于参加了东学，他面临着不得不逃离的生死危机。虽然因为东学性质的变异，这个"逃离"在很多方面都让人难以推崇，但是，在春园个人内心里这可能是令他长期沉浸在自傲和自我陶醉状态的理由，唯其如此，春园在很多文章中可能更加强调这一段的个人阅历。11岁就有了这种辉煌的经历，以此为契机，在之后的人生的各个阶段，春园始终站在民族独立斗争的最前沿和高层。1919年春园奔赴上海一度置身于大韩民国临时政府，而1921年从上海临时政府回国的经历，因是否变节的问题，备受当时同僚和后世研究者的责难和怀疑。但不可否认的是，回国后他依然身处民族运动的前沿和高层。步入社会后，始终处于民族运动的领导者位置的经历，是春园在作品中钟爱刻画精英型人物或领导者型主人公的原因之一。然而，那些作品中出现的主人公形象中，有些露骨和清晰地反映着作家本人的现象，使春园无法远离众多研究结果指责他将作品创作当成"自我救济"和"自我辩解"的批判。

在鲁迅步入社会的过程中，难以发现像春园那样的"悲壮"经历。鲁迅为了个人和家人的生计问题，被迫过早地介入成人世界这一特殊情况之外，其余就是一个普通人的生活轨迹。鲁迅的文学从关注个人问题始发，经过对民族生存问题的忧虑，再到对人类普遍生存问题的探索，这应该与他成长的家庭背景联系起来予以考察和分析。

在对春园和鲁迅的比较研究实践中，他们成长的社会环境是需要考虑的一个重要因素。春园所处的时代是民族危机的关头，是日本殖民地统治下严酷的民族现实，因此离开自我民族去着眼人类普遍的问题，显然不切实际；而鲁迅比春园在这一点上略微游刃有余，中国当时尚没有沦落成某个列强的殖民地。鲁迅作品中出现的国民劣根性的代表人物或者个人生存受到威胁的人物，与鲁迅家庭没落后，过早地承担家庭生计等切身的传记体验不无关系。对于鲁迅而言，"民族"的发现过程与他追求自主人生的抉择，以及与他追求泛人类的自主、自由形成同步。

第二节　文学思想的形成过程

一、否定与生成的逻辑

"传统"一词，很难用三言两语下定义。因为不管是从其适用范围，即外延，还是从其内在的属性，即内涵，"传统"一词都不能简单定论。词典里的释义，传统一般指从历史上流传下来的思想、道德、风俗、艺术、制度等[1]，或者是某一家族、国家、民族和地域社会等为单位流传下来的思想、习惯、行动艺术范式等[2]，可见两种解释较为相近。

具体论"传统"一词在词典上的释义，可以说传统是指从历史上传承下来的物质文化、思考和行为方式、对于人或事的印象等，广义上可以理解为从过去流传下来的所有文化遗产。这些遗产经过主观性的价值判断后，由人们进

---

[1] 辞海委员会，《辞海》，上海辞书出版社，1979，第215页。
[2] 李承炫，《国语大辞典》，韩国：民众书馆，1999，第3334页。

行取舍，决定其否定或继承。经过主观判断而继承的部分一般具有连续性，而被否定的部分则呈现断绝的状态。从这个意义上来看，传统具有近代性和自主性，不论是与前代具有连续性还是呈断绝状态，它都可再现近代的人类意识构造[①]。

本研究基于对"传统"的上述理解，拟考察春园和鲁迅对各自国家的传统，即对历代传承的思想、道德、风俗习惯、制度有过怎样的价值判断，其目的在于探究传统的因素通过他们怎样的取舍，反映在他们的意识构造，即文学思想中。

春园和鲁迅对传统的态度，极具相似的一面。他们都以"反抗者"出现，严苛地批判了对社会现象、文化现象、家庭生活等领域具有负面影响的传统要素。换言之，他们对传统都采取了否定的态度。

首先，本文拟先考察春园对传统的论调。

1910年以日语小说《愛か》为开头，春园开始了旺盛的创作活动。在长篇小说《无情》发表前后，春园不仅通过小说，还在其他诸多议论文，对腐朽的伦理道德，以及固有的社会陋习或者秩序，展开了毫不留情的批判。

> 观察现在我们的状态，无论上下贵贱，所谓义务和道德左右着社会的制度和公众的面目（中略），呜呼，为人类组成的社会国家反倒成了给人类带来痛苦的机器，为了人成立的法律、道德反倒成了束缚人的网和陷阱。[②]

春园首次面向社会发表的文字，着实就是针对当时社会的叛逆宣言[③]。他向借以伦理道德之名压制人类"自由自在"，妨碍人类"自律"的一切要素，提出了严正的挑战。这意味着他早已看穿了旧的社会制度等，就是埋没人类的"自我"和"个性"、阻碍人类自主情感的所谓的"传统"。他主张要废弃过去传承下来的一切，其理由是真理是某个时代的产物，一个真理不可能通用于

[①]《韩国近现代文学研究入门》，一路社，1990，第221–222页。
[②]《今日我韩青年与情育》，《李光洙全集》1，第526页。
[③] 金东仁，《朝鲜近代小说考》，金治弘编著，《金东仁评论全集》，三英社，1984，第67页。

所有的时代。因此，他认为前代的伦理观到了新时代就失去了其存在和适用的价值，新时代应当要创造新的伦理道德观。他所秉持的这个时代伦理的绝对标准是"人生的维持与发展"[①]。一切都是为了人类自主的人生，是为了自由的生活而存在，这成了衔接春园辛酸的少年生活经历和"为人生的艺术（art for life's sake）"的中间环节。

在发表长篇小说《无情》前后，春园对自己一直所批判和否定的传统，有了一个具体对象化。

列举朝鲜家庭改革的要件，就是要打破家长专制，打破家族形式的阶级，打破内外有别，打破男尊女卑的思想[②]。

上文是春园1916年发表文章的引用，他不仅揭露了压制正常生活的社会风俗，还揭露家庭内压制"鲜活人生"的陋习的罪恶。这意味着，春园不仅从宏观上揭露传统社会的罪恶行径，同时也揭露社会陋习对人类日常生活中具体造成的危害。

儒家欲使庶民无意识地服从圣人创制的礼法，"可使由之不可使知之"就是指此而言。儒家道德埋没个人意识，而个人意识的埋没则对思想发展造成极大的危害[③]。

1917年，春园终于发现了严重阻碍朝鲜社会和家庭正常生活的"元凶"，即儒家就是万恶的根源所在。于是，春园开始了对儒家的全面攻击，在《子女中心论》中展开对儒家绝对的孝道的批判，《教育家诸氏》则批判了教育思想的空洞理论和虚假礼仪。春园指出，儒教实实在在就是致使朝鲜灭亡的元凶，并进一步指出其弊病已经蔓延到了文学领域。

---

① 《致朝鲜青年》，《李光洙全集》1，第532–535页。
② 《朝鲜家庭的改革》，《李光洙全集》1，第541–542页。
③ 《耶稣教对朝鲜的恩惠》，《李光洙全集》10，第19页。

言念及此，禁不住对儒学切齿扼腕。……儒学，其中的朱子学派尤其对朝鲜有诸多荼毒，在此无法一一列举，儒学严重阻碍了朝鲜文学的发展（与其说阻碍，不如说禁止更为恰当），此等罪行将永远不得饶恕。①

春园毫不留情地揭露和批判了儒教给朝鲜各方面带来的罪行，还毫不犹豫地把批判的矛头指向了其具体的人格代表"父辈"。他在《朝鲜家庭的改革》中，就痛批朝鲜家庭的家长就像"专制君主"一样治理家庭，所以父亲和子女的关系像老虎和绵羊一样，使得两代人无法正常交流自己的思想和感情。由此，"父亲的意愿成了子女的意愿，父亲的目的成了子女的目的"，子女只有严格顺从父母的意愿去做事的选择，不能按照自己的意愿去做任何事情。春园认为，这就是导致"无情"世界的根本原因。正因如此，早些时候春园就给"父辈"定性为不学无术、一事无成的群体，这是对祖父、父亲以及叔父的批评的延续。接着，春园针对家长为中心的传统社会，表明了强烈的否定。

迷信一家传统的做法，不是我们应有的态度，如果"必要"我们就要像敝履一样丢弃那些，要有自己去做一家始祖的魄力。……（中略）我们要把我们的财产、包括"物质或者精神"领域的全部财富，都只用在我们和子孙后代身上，必要的时候不仅要掘开祖先的坟墓，连父母的血肉也可当作我们的食粮。②

由此可见，春园对传统的批判和否定主要是针对给朝鲜造成损害的儒教为中心展开。基于因为儒教的各种陋习肆虐，朝鲜人无法从事正常的社会生活和家庭生活的判断，春园对儒教的批判波及现实中的各种表现，甚至其人格代理人身上。春园谴责："朝鲜的儒教实实在在地犯下了消磨和麻痹我们的精神

---

① 《复活的曙光》，《李光洙全集》10，第27页。
② 《子女中心论》，《李光洙全集》10，第37页。

和万般机能的罪责。"①因此，他主张"批判旧习的第一支箭，当然要指向儒教思想"，并将其率先付诸实践。

但是，春园对传统的批判与否定，并没有直通与之断绝之路。他在否定传统因素的实践中，表达了自己如下的立场。

批判无疑是进步的根本动力，是文明人最大的能力和骄傲。（中略）从前我们的社会不存在什么批判，先圣的话就是善，古人之法就是正，贯穿一世的习俗皆为可，且以此赖以生存。如有批评先圣之言则是斯文乱贼，变更古人之法则是不为世人所容纳的恶人，违反世俗旧习则就是遭人唾弃的恶人。（中略）"孔子曰"或是"朱夫子曰"即为万世万人亘古不变的神圣戒律，连"诗不云乎"，"古人有言"也具有赏罚人律法之力。（中略）凡此种种，要好好经过一番批判，该保留的保留，该废弃的废弃，该重新定义的应当重新决定。②

春园断言，至今为止朝鲜人的生活之所以不幸，都是因为缺乏"批判"的眼光，一味地沿袭了"忠孝五伦"等旧的制度、风俗、习惯。因此，他主张"精神生活的复活"就应当从"批判"开始。值得关注的是春园所说的批判不是单纯意义上的否定。他认为，对待传统因素要区别有必要"保存的"和应该"废弃的"，并在"批判性继承"的前提下予以"否定"。换言之，春园的"否定传统"是作为新的生成前提的"否定"，是作为谋求更优越、更理想之"人生的保持与发展"必须经过的一个阶段，是立足于此的"否定"。

春园的这种态度，是与否定传统同步表现出来的。在《我韩青年的境界》中，春园虽然把父系称为"不学无术的人物"和"无所作为的人物"，但还是保持了并不是"释皆"都如此的中立态度。因此，他还表示青年首先应该接受"父老、社会、学校、先觉者的教导，有所不足的部分"，需要靠"自修

---

① 《新生活论》，《李光洙全集》10，第329页。

② 《新生活论》，《李光洙全集》10，第328–329页。

自养"。他只是强调当时朝鲜青年的处境比其他国家青年更加恶劣而已。同时,春园还呼吁不要依赖父母,应该以"个人及团体"的自修自养来实现"醒悟",在任何困难面前也绝不能悲观失望。春园试图组建精英团体,改造民族低劣道德性的构思,在这里已经初露端倪。

1906年,春园在《天才》中就提出过类似思想。他认为,"不得不从经验丰富的父母"那里接受指导,但那个只是"顾问性质的意见而已",所以不可绝对服从,而只做参考即可[①]。从这点可以推断,春园对否定父辈的相关言论,是为了敦促青年"自觉"而采取的"小技巧"而已。

《论子女中心论》中曾引起非议的"掘开祖先的坟墓,连父母的血肉"也要当作自己食量的部分,也可以从这个意义上做一个解释。也就是说,在子女的立场上强调了最坏的情况下,也可以采取一些非正常的手段,而当自己站到父辈的立场上,春园照旧表示了不惜牺牲自己的态度。他主张,为了子女应当"咬紧牙关也要坚强、要学习、变得富足、善良,保障他们去过荣耀、幸福的生活",为此"无论是在生前还是死后,都要竭尽全力"。

春园的这种"批判"的态度,在对待文学传统上也没有改变。在《复活的曙光》中,一方面,春园一语道破在儒教思想的支配下,事大主义泛滥成灾,严重阻碍了朝鲜文学的发展和精神生活;但在另一方面,他还指出朝鲜文学和朝鲜人的精神生活能力并没有完全灭绝。他以新罗时代发明的吏读为例,预测了朝鲜文学的发展可能性,并主张"不能认为朝鲜民族早期没有文学",并试图以庆州石窟庵为证据,证明朝鲜人的精神生活能力尚存的事实。由此可见,春园并不是要否定朝鲜民族的所有传统。春园想要排斥的只是被"事大主义"思想所浸润,是"儒教式道德的鼓吹者,劝善惩恶的讽喻者"、是无法承载朝鲜民族情感的文学传统。他认为新罗、百济和高句丽等灿烂的文明古国一定有过朝鲜民族特有的文学遗产,并慨叹没有能够继承那些辉煌遗产的命运[②]。基于上述思想,春园认为民族的文学应该以包括传说在内的民谣为出发

---

① 《天才》,《李光洙全集》1,第531页。
② 《文学为何》,《李光洙全集》1,第550–551页。

点,为此他主张以民谣中包含的节奏和思想为基础,去开创新的文学。

如前所述,春园极力主张要提出符合新时代的伦理道德规范,同时他还提出青年一代要成为新伦理道德规范的主体。

自古乃今,从没有听说过老人成就了除旧革新的大业。(中略)建设新时代的伟业,也要靠着年轻人的双手,这一点不很明了吗。①

由此,春园呼吁新时代的青年要肩负历史使命,去创造比先祖更有价值的功绩,成为"降临在这片土地上的新种族"。换言之,春园在主张创造新伦理道德规范是新时代青年的使命,从而经过对传统的否定到新的伦理道德观的生成,逐渐形成春园独到的思想体系。

春园所反对的传统是对社会生活、家庭生活,甚至文化生活造成各种危害的因素。换言之,春园审视传统的继承与否的根据,就在于它是否有益于现实的人生。也就是春园根据传统在现实社会的正面功效,甄别了应该继承或者舍弃的部分。

鲁迅的情形又是如何呢?

鲁迅于1902年赴日本留学,早期一度沉醉于用科学启蒙国民,用实业拯救国家的科学启蒙中。在鲁迅的传记研究界,这一阶段统称为弘文学院时期,当时他翻译大量有关西方先进科学的著述并介绍到了国内。鲁迅从弘文学院毕业后,申请仙台医学专门学校也是他实践其科学启蒙思想的实践之一。之前,鲁迅已对国民性问题有所思考,因仙台医学专门学校的"幻灯事件"所带来的冲击,就以此为契机从科学启蒙转入了思想启蒙②。在思想启蒙阶段的初期,鲁迅并非通过作品的创作,而是以撰写论文的方式,阐述了自己的立场和思想。

鲁迅启蒙中国国民的第一个目标,就是唤醒个人的精神世界。他指出,

---

① 《致朝鲜青年》,《李光洙全集》1,第533页。
② 参阅拙稿硕士学位论文。鲁迅关于国民性思考的部分,参阅许寿裳,《亡友鲁迅印象记》,《鲁迅回忆录》(专著部分),北京出版社,1999,第226页。

第二章　比较研究的预备考察

迄今为止给中国民众戴上精神枷锁、压抑国民自主性的是从古传承下来的"舆论""俗圄",以及盗用"多数"的名义集结"成群"的"庸众"①。"幻灯事件"后,鲁迅认为唤醒愚昧的国民最有效的手段是文艺,为证明自己的主张,他倾听"异邦"的新声,由此发现了拜伦、尼采等人的主张。他运用"拿来主义"②考察恶魔派的诗,确认打破"抹杀个性"过程当中,诗(文艺)所具有的作用与力量。

今则举一切诗人中,凡立意在反抗,指归在动作,而为世所不甚愉悦者悉入之,为传其言行思惟,流别影响,始宗主裴伦,终以摩迦(匈加利)文士。凡是群人,外状至异,各禀自国之特色,发为光华;而要其大归,则趣于一:大都不为顺世和乐之音,动吭一呼,闻者兴起,争天拒俗,而精神复深感后世人心,绵延至于无已。③

鲁迅高度评价了恶魔派诗人"与旧习俗对立""反抗社会""不趋附庸俗,不沿袭旧俗"等清醒的"个性"。他还敦促中国的精神界也要出现这样的战士,揭露中国的"历代罪恶"④。

鲁迅曾关注文艺能够唤醒国民的巨大作用,并借以文艺的力量致力于揭露中国陋习的"历代罪恶"。此时此刻,他已经一跃成为先知先觉的"精神界战士",积极活跃在民族启蒙的最前沿。他表示自己"绝不是一个振臂一呼应者云集的英雄",则是之后的事情。鲁迅高度评价恶魔派诗人自觉的"个性",这种浪漫色彩是当时中国"五四运动"时期现实主义者所普遍呈现出的特征⑤。鲁迅继而揭露有待否定的如下传统因素:

---

① 《文化偏至论》,《鲁迅全集》1,第46、第52–53、第56–57页。
② 鲁迅"拿来主义"的观点,请参阅《鲁迅全集》6,第38–40页。
③ 《摩罗诗力说》,《鲁迅全集》1,第66页。
④ 参阅,同上书,第85、第88、第89、第100页。
⑤ 온유민 지음 (김수영 옮김),《현대 중국의 현실주의문학사》,과 1991,'낭만주의의 겸용' 부분 참조.

社会上多数古人模模糊糊传下来的道理，实在无理可讲；能用历史和数目的力量，挤死不合意的人。这一类无主名无意识的杀人团里，古来不晓得死了多少人物。①

鲁迅发现千百年来无形当中杀人的传统因素。他把传统因素阻碍人类"个性"和"自觉"的现象定义为"杀人"，把"杀人"的群体称为"暴民"，揭露了"先觉"的"天才"因反抗"庸众"和"陋习"，而受压迫的事实。这是对先觉者"狂人"般的改革，在"政治、宗教和道德"等各个领域遭无数个、且无具体形状的"无物之阵"②所扼杀的真实写照。鲁迅的作品以"社会"和"个人"的对立为基本结构，描绘借以"多数"的名义扼杀"个性"和"自觉"，从而造成"个人"死亡的悲剧，可见其中蕴含着鲁迅对现实的上述认知。他进一步揭露，对人类现实生活毫无意义的"国粹"或"道德"等，却冠以社会公共利益的名义，其"杀人"行为反被赋予正当性，从而这种"祖传、老例、国粹"等具有了足以埋没正常人的巨大力量③。鲁迅发现，"庸众"以"传统"的名义包庇自己"非道德"的行为，其背后隐藏着更加阴险、更加残忍的一面。

所谓中国的文明者，其实不过是安排给阔人享用的人肉的筵宴。所谓中国者，其实不过是安排这人肉的筵宴的厨房。（中略）于是大小无数的人肉的筵宴，即从有文明以来一直排到现在，人们就在这会场中吃人，被吃……④

不仅杀人，还在"吃人"。鲁迅敏锐地看穿了传统社会"吃人"的内幕。问题不在于"吃人"这件事情本身，而在于连被吃掉的人也认为理所当

---

① 《我之节烈观》，《鲁迅全集》1，第124页。
② 《这样的战士》，《鲁迅全集》2，第214页。
③ 《通讯》，《鲁迅全集》3，第21页。
④ 《灯下漫笔》，《鲁迅全集》1，第216–217页。

然，且心甘情愿地顺从之，或者永远无动于衷地充当麻木的看客。《狂人日记》里"狂人"发现历史书上满本都写着"吃人"两个字，正是鲁迅独到的发现。自己"被吃"又"吃"别人，他们之所以能够安于那种现状，都是因为中国历代统治者玩弄手腕的"治绩"[①]。

尊孔，崇儒，专经，复古，由来已经很久了。皇帝和大臣们，向来总要取其一端，或者"以孝治天下"，或者"以忠诏天下"，而且又"以贞节励天下"。[②]

几千年的封建专制统治，把民众划分成了"压迫者和被压迫者"[③]"奴隶和奴隶主"[④]两类，因此，中国人被"从来如此，便是对的"[⑤]观念所束缚，专制统治也一再强调并灌输这种贵贱、上下的等级思想。支撑统治阶级的思想根源便是儒家五大经典中的《礼》，其中强调伦理道德的"三纲五常"首当其冲。鲁迅敏锐地看穿"君臣、父子、夫妻为纲纪的三纲"和"仁、义、礼、智、信等五常"是万恶之源，正中其要害，点破了国民最恶劣的习性——奴性的根源。基于此，鲁迅不仅通过论文，在创作作品中描写了很多丧失"自我"，被淹没在巨大的"无物之阵"中浑浑噩噩度日的悲剧人物。鲁迅所否定的是只服务于"维护等级制度，炮制奴隶道德"所谓的"传统"[⑥]。历代统治阶级正是依赖这样的惯例，制定了无数的等级，而大多数人却乐于安住于家族门阀和祖先所制定那些所谓的"传统"的世界[⑦]。

鲁迅看穿了所谓"传统"的本质，并为彻底根除这类的"传统"展开了

---

① 《沙》，《鲁迅全集》4，第549页。
② 《十四年的"读经"》，《鲁迅全集》3，第127页。
③ 《祝中俄文字之交》，《鲁迅全集》4，第460页。
④ 《灯下漫笔》，《鲁迅全集》1，第212–213页。
⑤ 《狂人日记》，《鲁迅全集》1，第428页。
⑥ 汪晖，《反抗绝望》，河北教育出版社，2000，第127页。
⑦ 《论"他妈的"》，《鲁迅全集》1，第234页。

坚决的反击。他曾呼唤"打破一切传统思想和手段"①的勇士的出现，但没等勇士现身，他自己先行去履行了这一职责。他甚至还主张废除中国汉字，因为"文字属于特权阶层，代表其自身的尊严和神秘性"，所以文字成了"对大众身份和经济的局限"，是民众与权威专制之间的又一道高门槛②。对奴性的"产室"——专制因素的戒备，促使鲁迅一生都在怀疑所有的现实权威，用怀疑的眼光审视，一旦判断有必要的时候，不仅自己个人义无反顾地予以抗争，还对所有受那些"权威"压迫的人、团体都表示出了无限的同情和连带感。因此，鲁迅的一生贯穿着反抗和斗争，其对象是助长奴性的所有的"权威"。

对传统进行反击的鲁迅，惊讶地发现原来自己也是"传统"中的一员。

我发现了我自己是一个……。是什么呢？我一时定不出名目来。我曾经说过：中国历来是排着吃人的筵宴，有吃的，有被吃的。被吃的也曾吃人，正吃的也会被吃。但我现在发现了，我自己也帮助着排筵宴。③

鲁迅这一自我发现和曾认知"自己并非振臂一呼应者云集的英雄"，可以说是一脉相承。因此，他经常担心自己的思想和作品中的阴暗面，会给青年带来不良的影响，并强调在剖析自己的思想时并没有留有更多的余地④。这种反省可以从《狂人日记》的"狂人"、《祝福》《一件小事》的"我"身上看到其形象化的一面，从中也可以窥见在否定传统上鲁迅那彻底的态度。换言之，他把自己也列在了需要批判和否定的对象之中。鲁迅不仅把自己括进了有待否定的"传统"之中，而且为了创建一个崭新的社会，他"背负着旧习的重担，用肩膀撑起摆脱黑暗的闸门"，努力将那些将成为新社会主人的后代送到"更广阔、更光明的地方"⑤。那是用一生的牺牲奋斗，来偿还四千年债务的

---

① 《论睁了眼看》，《鲁迅全集》1，第241页。
② 《门外之谈》，《鲁迅全集》6，第92页。
③ 《答有恒先生》，《鲁迅全集》3，第454页。
④ 《两地书·二四》，《鲁迅全集》11，第79页；《答有恒先生》，第457页。
⑤ 《我们现在怎样做父亲》，《鲁迅全集》1，第130页。

决心[1]。鲁迅把自己定位在从旧社会转变到光明未来新社会的最后一环，并称为是"中间物"[2]，既是"传统"的一员，同时也是"传统"的受害者，而介于这样一个中间位置，才能够更加清楚地看到那些危害要素，憎恶之心也比任何人都强烈，作为"反抗者"的反击可以说也最致命、最有力[3]。由此可以推论，"反传统"对于鲁迅来说，已经成了习惯性的"条件反射"，而且作为"传统"的一员，鲁迅的反抗行为也成了自我"赎罪"的一环。[4]

鲁迅认为自己也是有待否定的对象，即自己是"传统"的一员，并主张在清算旧事物的同时，应该开拓新的道路，预示了"旧的不去，新的不来"的进化论主张。这不仅意味着没有破坏就没有建设，同时，也表明鲁迅的目标在于要为子孙后代创造幸福的生活环境。《狂人日记》中"救救孩子"的呐喊、《故乡》结尾中希望宏儿、水生走上与"我"不同的生活道路的描写，都是这种思想的形象化。

总之，否定传统作为春园、鲁迅思想的重要部分，与春园的民族改造思想、鲁迅的国民性改造一脉相承。他们都以扬弃的态度否定传统，为新价值观的生成奠定基础。但是，否定和生成的过程中出现的自我定位，导致对他们不同的评价。春园把自己定义为受害者，在否定传统的过程中站到了青年的领导者地位；而鲁迅则把自己当作传统中的一员，列在有待否定的对象之中。春园与鲁迅对传统的否定态度都极其彻底，都以不惜牺牲自己，甚至春园还要求父辈的牺牲。但是，由于鲁迅所处的社会环境不像当时韩国的殖民地现实那样严酷、迫切，重要的是他把自己也列在有待否定的对象之中，所以表现出了更为彻底、客观的一面。因此，与鲁迅相对而言，春园不无遗憾的一面。尤其春园因自恋癖而自夸而成的高大形象、只强调自己受苦受难的论调，缺乏客观审视自己的做法，对自己的评价无疑造成一些不可避免的负面影响。

---

[1] 《随感录·四十》，《鲁迅全集》1，第322页。
[2] 《写在〈坟〉后面》，《鲁迅全集》1，第286页。
[3] 《上海文艺之一瞥》，《鲁迅全集》4，第300页。
[4] 参阅汪晖，《反抗绝望》，河北教育出版社，2000，第132页。

二、近代文学的体验

由于地理上的位置，处于儒教文化影响边缘的日本，得以早于韩国和中国脱离其影响圈。日本近代化开始的标志是1868年的明治维新。这种带有近代化性质的变法，在韩国和中国直到后来，分别于1884年和1898年才有了尝试，分别是1884年韩国金玉均等激进开化派以开化思想为基础，以朝鲜半岛的自主独立和近代化为目标，发动的"甲申政变"；1898年中国的"戊戌变法"。但是，当时中韩两国内部的守旧派，也就是意图维持封建统治的顽固势力根深蒂固，推动近代化的开化派势力薄弱，确实难以推动自己的变法主张。结果，甲申政变以"三日天下"而告终，戊戌变法也以"百日维新"落下帷幕。尽管暴露出许多局限性，但中韩两国的这两个变法，都以建设强盛的近代化国家和社会为目标，在各自国家播下了近代启蒙的火种，从而具有了自身独特的意义。

春园和鲁迅去日本留学时，先于韩国和中国走上近代化之路的日本，已经具备与西方列强抗衡的实力，进入近代化国家的行列。因地域上相近的原因，日本一方面是威胁韩国和中国的势力，一方面又为中韩两国提供走向近代化的具体模式。韩国和中国通过已蜕变为近代国家的日本，近距离感受到近代化的气息。在这样的时期赴日本留学的春园和鲁迅，各自写下了当时的亲身经历。春园关于这方面留下的记录似乎较多和详细，不妨先来看一下这部分内容。

青年时期的春园曾先后两次，即1905—1910年、1915—1919年东渡日本留学。

甲辰年——已过了三十三年。去东京，我才接触到了新文学。已经不记得最先读到的是哪本书，国木田独步、夏目漱石、拜伦、岛崎藤村、田山花袋、托尔斯泰、木下尚江，这些人的著作我都曾读过。（中略）记得读托尔斯泰的著作，应该是中学三年17岁之时，借给我看托尔斯泰书的是，叫山崎俊夫的同学。①

春园在日本留学时，通过日本同学山崎俊夫接触到了托尔斯泰。当时读完日语翻译的托尔斯泰的《我的宗教》后，春园曾大发"感慨这才是真理，人类照此活着，才能实现世界的和平。我要一生奉行这个主义，托尔斯泰果然不愧是大师！"②，后来他还为托尔斯泰在韩国举行唯一一场追悼会，足可以见春园多么地沉迷于托尔斯泰。那么，从托尔斯泰那里，春园吸收了哪些因素并转化成自己文学和思想形成的养分呢？

春园最为表示共鸣的是托尔斯泰的博爱主义、非暴力主义和不抵抗主义，即便是他内心很清楚在现实中这个目标很难实现。他指出当时在"暴力和利己主义"仍然横行的世界，托尔斯泰的社会改革思想的实现应该是非常遥远的"再再明日"的事情。面对这样理想与现实严重背离的事实，春园制定了自己认为可行的方案，那就是以"立足于现实，诚心诚意地付出实现未来理想的努力"之态度，积极参与追求"三大主义"的实践。他认为，只有这样才符合个人家庭生活乃至民族生活所要追求的"人生的正道"③。也就是说，他把一切希望寄托在发挥主观能动性的效果如何。同时，通过考察托尔斯泰对艺术的态度，春园得出了这样的结论。

在谈到艺术时，他认为引导人们憧憬彼此相爱的情感和生活真理，激发他们对罪恶生活的厌恶，就是艺术的使命。④

春园认为，对自己艺术观的形成影响最大的就是托尔斯泰⑤。春园主张文学"依托某种艺术形式，用关于人类生活（思想、感情和活动）的富于想象力

---

① 《多难的半生途程》，《李光洙全集》8，第446–447页。
② 《杜翁和我》，《李光洙全集》10，第594–595页。
③ 《杜翁与现代》，《李光洙全集》9，第464–466页。
④ 《托尔斯泰的人生观》，《李光洙全集》10，第489页。
⑤ 《杜翁和我》，《李光洙全集》10，第595页。

的文献，触动我们的情感"[1]，"要成为文学，必须具备能够拨动心弦的某种条件"[2]，这些观点都与他沉迷于托尔斯泰的经历有密切的关联，也就构成春园所主张的"情的文学"母体。

春园把博爱主义、非暴力主义和不抵抗主义理解为托尔斯泰的人生观，并在此基础上解释并接受了他的艺术观。春园年少成为孤儿，作为长子他比同龄人过早地承担了家庭的部分生计，他当时体验的孤独，以及对关爱的渴望程度可想而知。父亲的缺位对他来说，如同失去了精神支柱。对于男儿，尤其是长子来说，父亲可以是超越对象，也可以是模仿的对象，但绝对是成长过程中可靠的参照对象。父亲可以说是一个少年成长所必需的一个条件，而正是这必要条件——父亲的缺位，使春园陷入爱的危机。因此，只要认定是值得崇敬的对象，他便会倾心倾力去顶礼膜拜，因为那个对象本身对春园来说就是父亲的替代，可以填补他内心的空白。在这样的情形下，必须要经历的批判取舍的过程，自然就会被削弱或者无视。托尔斯泰是春园遇到的第一个能够取代父亲的人物，因此，可以推论托尔斯泰完全成为春园模仿对象和成长过程的参照体系。艰难的孤儿的生活阅历，使春园陷进爱的渴望当中，逐渐形成缺乏怀疑和探索精神的性格。思考问题不仅只停留在表面化、平面化，无法期待高瞻远瞩，把握正确的方向，无法具备正确的历史意识[3]，春园这样的性格此时已经开始初见端倪。

此外，春园所在的学校属于教会学校，"如果有人扇你耳光，就伸过去另一侧脸给他打"的教育理念，也对他接受并顶礼膜拜托尔斯泰，以及性格的形成起了一定的推波助澜的作用。

鲁迅的情形又如何？

鲁迅视19世纪末的俄国文学为"良师益友"，并认为费奥多尔·米哈伊洛维奇·陀思妥耶夫斯基（Ф.М.ДосТеВсКий，1821—1881）和托尔斯泰为

---

[1]《文学讲话》，《李光洙全集》10，第381页。
[2]《对文学的管见》，《李光洙全集》10，第454页。
[3] 金鹏九，前列书，第109页。

其代表[1]，而实际上鲁迅似乎更倾向于前者。鲁迅没有专门论及托尔斯泰的文章，只是曾关注其"即使出生在贵族阶层，依然同情贫民"[2]的特色，却在多篇文章中论及陀思妥耶夫斯基。鲁迅对陀思妥耶夫斯基文学"热忱至极而变得冷静的激情"和"欲爆未爆境界的忍耐"[3]的特性，表示了强烈的共鸣。他为国民"哀其不幸，怒其不争"[4]而动情，并在文学作品中冷静地刻画了其具体惨状，与陀思妥耶夫斯基前述特点有异曲同工之处。鲁迅本着"拿来主义"的原则，从陀思妥耶夫斯基那里借鉴了表现被压迫人民艰苦生活之文学中所需要的滋养，而曾被用来呼吁确立近代自我的尼采，在这一阶段也丧失其他山之石的意义。后来，鲁迅对德国版画家凯绥·珂勒惠支（Kaethe Kollwitz，1867—1945）的版画表示关注，虽然这与他童年时代喜欢绘画的传记不无关系，但更重要的是因为凯绥·珂勒惠支的作品表现了"穷人和普通人的痛苦与悲伤"[5]。鲁迅在建构自己文学世界的过程中，少年时代的那坚定的个人自主的性格，在其"拿来主义"的实践环节也得到了淋漓尽致的发扬。

另外，有必要考察春园和鲁迅在日本学习期间，对日本文学运动曾有过的主观认知。因为当时在日本求学的春园与鲁迅，对当下日本近代文学的某些现象有过一定的反应，是很自然的事情。

如前所述，除托尔斯泰之外，春园也曾接触了当时很多日本作家的作品。他第一次日本留学的时段，也是他主导自己一生的主观意识开始形成的时期。在如此重要的人生阶段，除托尔斯泰之外，日本文坛对他曾有过怎样的影响呢？

自然主义文学运动大体上从明治三十九年（1906年）到大正（1912年）

---

[1] 《祝中俄文字之交》，《鲁迅全集》4，第459-460页。
[2] 《"硬译"与"文学的阶级性"》《〈争自由的波风〉小引》，《鲁迅全集》4，第204页；《鲁迅全集》7，第304页。
[3] 《陀思妥耶夫斯基的事》，《鲁迅全集》6，第412页。
[4] 《摩罗诗力说》，《鲁迅全集》1，第80页。
[5] 《拿来主义》，《鲁迅全集》6，第38页。

初期，曾风靡一时。在此期间，这场运动成功地破除了试图隐藏真实的文坛风气。这场运动划分了之前和之后的日本小说，促使日本小说几乎完全转变了其性质。①

通过1894年的中日甲午战争和1905年的日俄战争，日本打败了清政府和俄国，一跃而成为东亚霸主，西方的思想和文化也迅速流入日本。在明治维新后的氛围和两次战争获胜所营造的氛围中，日本国民进一步觉醒，具体表现在否定传统、个性的张扬、追求自由和情感解放等方面。这种社会思潮在文学领域则表现为当时在日本风靡一时的自然主义文学。②明治后期到大正时代近代日本文学进入成熟期，此时占据文学宝座的正是作为"当时小说最高理想的典型，也是生产最多杰作的文学形式"的私小说。③

春园在1909年12月31日的日记中列出了当年阅读的图书书目，其中赫然列有当时日本私小说代表作家的作品。春园曾表示自己是"在自然主义时代学会了写小说"④，甚至曾有过"要在日本文坛拉起一杆旗帜"的念头⑤，由此可见，春园在当时也不自觉地处在了日本自然主义文艺思潮的旋涡，即私小说的影响之中，这一点在春园的日语小说《爱か》可以找到其佐证。作品中的主人公"文吉"许多方面都很像春园本人，深受关爱饥渴症的折磨、由此产生爱情错觉，从而企图自杀等⑥，无一不是在体现着"对无可奈何的混沌危机的自我表白"⑦之私小说的性质。但是，春园并没有完全陷入这样的私小说的泥淖之中。他在日记中提到：读过岛崎道森（Shimazaki Doson）的《破戒》后，

---

① 吉田精一・奥野健男（柳呈翻译），《现代日本文学史》，韩国：正音社，1984，第81-82页。
② 小林一郎，《自然主义の旗手たち》，《日本文学新史〈近代〉》（前田爱、谷川泉编），日本：至文堂（平成2年），第150页。
③ 中村光夫著（柳银京翻译），《日本私小说的理解》，韩国：图书出版 小花，1997，第82页。
④ 《自作的辩》，《李光洙全集》10，第509页。
⑤ 《日记》，《李光洙全集》9，第333页。
⑥ 金允植，《爱か》，《文学思想》，1981年2月号，第442-446页。
⑦ 平野谦，（柳银京翻译），《私小说的二律背叛》，《日本私小说的理解》，韩国：图书出版 小花，1997，第188页。

"感觉很平凡";读过《花袋集》后,虽然佩服其勇气,却觉得"看不出多么出色"①。同年,他在《年轻的牺牲》里表达了小主人公对入侵祖国,杀害父亲的外国侵略者的义愤填膺,在《献身者》里刻画为民族倾尽钱财,献身教育事业的"金光镐"的生平,都显示了在作品中加入自己内心正在涌起的民族意识的努力。他的许多作品都带有作者自我陶醉与个性的夸大,且作品中的主人公为作者辩解道具之用的独白②,都应该是春园借用了私小说要素的佐证,是他文学习作阶段所接触到的日本文学的影响所致。春园所有的杰作几乎都取材于自己身边的事实,他把作品当成论文来写,所以不重视虚构手法的应用等传记事实,都可以是证明春园与私小说藕断丝连的佐证。同时,这也与他把小说看作是"某一时代某一方面的忠实记录""我这里写实主义的色彩浓厚"③的自我表白,以及他把"真实性"看作是"文学的第一要素"④的文学观,有着直接的联系。

关于研究鲁迅与当时风靡日本文坛的私小说之间的关系,并没有值得一提的实践成果。出现这样的情况是因为已有明确历史事实,无须分析与论证,那些主要是鲁迅的亲朋好友留下的诸多见证。

当时并没有特别关注日本文学。……自然主义风靡的时候,也只读了田山花袋的小说《棉被》,似乎也并没有多么地感兴趣。⑤

除此之外,竹内好的《鲁迅与日本文学》和增田涉的《鲁迅与日本》都证实鲁迅几乎没受到日本文学的影响。周作人是鲁迅的亲弟弟,曾于1906年去日本留学,很长一段时间里与鲁迅生活在一起,作为中国新文学的起步共同做了许多筹备工作。周作人刚到日本不久,恰巧遇上鲁迅因"幻灯事件"愤然

---

① 《日记》,《李光洙全集》9,第334页。
② 吉田精一·奥野健男(柳呈翻译),前列书,第119–120页。
③ 《我作为作家的态度》,《李光洙全集》10,第461页。
④ 《文学琐言》,《李光洙全集》10,第498页。
⑤ 周启明,《关于鲁迅之二》,《苦雨斋主》,东方出版社,1998,第222页。

离开仙台踏上文学救国之路之时，所以周作人几乎是和鲁迅同时走上了文艺之路，可以说他对鲁迅文学最有发言权且最具有权威性。增田涉则于1931年在上海，为《中国小说史略》的翻译问题几乎每天都和鲁迅见面，而且至1936年鲁迅去世为止他们之间的书信往来就有50多封，因此增田涉的证词也具有极高的可信度。那么，走上文艺之路的鲁迅，难道身在日本，对日本当时的文坛果然那么超然了吗？

鲁迅不仅曾于1925年，以《自然主义之理论及技巧》为题翻译过片山孤村的著作，如前所述的亲朋挚友的证言当中，也可以看到他的确读过一些当时日本自然主义文学的代表作。成仿吾曾断言："当时日本文艺界正值自然主义在风靡，毋庸置疑我们的作家从那里大致受到了自然主义的影响。"[①]成仿吾撰写这篇文章是为了从当时"纯粹文学"的角度，攻击鲁迅文学的"参与性质"，其"宗派主义"的错误倾向理当成为批判的对象，但是本文引用的这一段还是有其合理的一面。因为鲁迅的早期作品和创作的大部分素材，的确都与作家的人生经历有千丝万缕的关联。本研究认为，鲁迅的这一点可以看作是试图用现实的"客观事实"来确保其文学的"真实性"的主观作为，是鲁迅对私小说"写实主义技巧"[②]中"事实的真实性"形成的共鸣使然。鲁迅一向对虚伪和骗人的东西深恶痛绝，因此确保其文学的"真实"，对他尤为重要。鲁迅曾主张，"真"是小说具有的所有功能得以发挥的基本要件，这也在一定程度上支撑了上述观点。鲁迅同时认为，"日记体，书简体"执着于身边琐事，"但容易引发幻灭之感"[③]，这意味着他对过分侧重主观感受从而陷入感伤主义的私小说的一些因素，持有否定态度。而且，鲁迅重视文学启蒙大众的社会性效益，因此，他当然更不会全盘认同含有消极负面因素的私小说。本研究这个观点同样适用于春园，春园如鲁迅那样在为民族启蒙事业的文学实践中，借用了私小说的部分有益的要素，但是他们两人都没有完全倾向和沉迷于私小

---

① 成仿吾，《〈呐喊〉的评论》，《鲁迅研究学术论著资料汇编》1，中国文联出版公司，1985（以下简称《汇编》），第46页。
② 中村光夫著（柳银京翻译），《日本私小说的理解》，韩国：图书出版 小花，1997，第119–120页。
③ 《怎样写》，《鲁迅全集》4，第24页。

说。春园与鲁迅的区别在于，在具体的文学创作实践过程当中，春园个人明显介入作品中，并刻意维护自身名誉的痕迹浓重；而鲁迅则仅仅只是着眼于确保其"真实性"的小说技巧上。

第三章　文学作品的比较研究

第一节　文学思想的分析与比较

一、近代文学的接受状况

"近代"是春园和鲁迅两人文学的共同分母之一，这在绪论中已经表明。关于文学的近代性，他们都从其概念本身与传统文学做了明确的区别。这意味着他们一方面不仅把文学当作参与现实的手段，另一方面对近代意义上的文学也有着清晰的认识。

1916年春园在《文学为何》中指出，时下所说的文学与之前的文学完全不同，现在所说的文学，并非追求"道德的·劝善惩恶意义"为唯一依据的文学，而是承载人现实中"清纯烂漫的人情美"的文学，是"取自西方人使用的文学的语义，由西方所谓的literatur或者literature的词语翻译而成。"

1934年鲁迅在《门外文谈》中，也阐明了"文学"的近代性。他指出，之前所说的"文"如今"叫'文学'，这不是从'文学子游子夏'[①]上割下来的，是从日本输入，他们的对于英文Literature的译名"。

春园和鲁迅都把当下的文学和传统的"文学"区别开来，说明他们的文学创作实践业已在各方面趋向近代文学的标准。下面围绕春园和鲁迅文学观所蕴含的近代要素，展开对他们"近代文学"的比较研究。

---

① 援用《论语·先进》："文学：子游，子夏。"邢昺疏："若'文章博学，则有子游、子夏二人也'。"

（一）理想主义与现实主义

春园关于真实性是文学最重要的条件之一的主张，前文已经做过详细说明。他在论及自己作品的时候，多次使用"描绘""试图描绘""记录""如摄影师的写真一样"等词汇，并表示自己几乎所有作品都有现实生活中的原型，甚至说"《三峰一家子》写的就是当时实际发生过的故事"。春园是在强调文学要达到自身的目的，首先其内容应该是实际存在过事实，这也意味着春园在文艺创作中就曾试图以人生的"事实"来保障文学的"真实性"。因为，他将基于生活中的"事实"获得的文学的"真实性"，视为优秀的文学作品所应具备的必要条件。他还强调，优秀的文艺应该要有趣，有感动，有真与美[1]。换言之，他主张文学首先要确保其有趣的"真实性"，才能获得"善"的功能和"美"的价值，反之如果文学缺乏风趣的"真实性"，即失去了"真"，那么，其"善"与"美"自然也就无从谈起。这就是春园关于"如实描绘"的写实主义手法的理解。春园不仅主张"写实主义是最安全和正经的描写手法"[2]，还自称自己的确带有浓厚的写实主义色彩，这些都是上述推论的有力支撑。

春园所说的"如实描写人生的一面"[3]，其中"人生的一面"是指什么而言的呢？下面春园的一段文章，会给我们一个较为明确的答案。

> 朝鲜民众的艺术，描绘朝鲜民众的生活是必须具备的条件。……聪明的朝鲜艺术家就是深入朝鲜民众生活之中的人。[4]

于是，春园就以这样的态度在"《无情》记录了日俄战争时苏醒的朝鲜，《开拓者》记录了合邦至大战前的朝鲜，《再生》记录了万岁运动以后1925年的朝鲜，刚开始连载于《东亚日报》的《群像》记录了1930年的

---

[1] 《艺术评价的标准》，《李光洙全集》10，第442-443页。
[2] 《朝鲜文坛的现状与将来》，《李光洙全集》10，第401页。
[3] 《小说家的准备》，《李光洙全集》10，第494页。
[4] 《艺术与人生》，《李光洙全集》10，第368页。

朝鲜"①。这些作品描绘的不仅有处于黎明期苦恼的朝鲜"新进知识阶级男女"、有一时陷入邪恶的诱惑但没有自暴自弃而"忏悔和奋进的女子"等时代人物；也有"辉煌的民族性格"的代表者李舜臣、"朝鲜历史上第一位殉教者"异次顿一样的历史人物；甚至还有从事"异想天开"的行动和事业的许生。② 这是为了观察"在如今的朝鲜现实中，他们在如何播种、收获"③，蕴含着"关于民族现状和未来的理论，还有我对我们的现状和未来所感知的悲哀、喜悦、希望以及与大家倾心而谈的需求"④下的内容。也就是说，春园立足于写实主义文学观，试图以"如实描写"的写实主义手法创作的文学，承载当时民族成员的生存现实和思想。

那么，事实上春园果真将自己上述的文学观，真正贯彻到个人文学实践中了吗？答案出乎意料，是绝对的否定。因为，实际上他的文学实践中，发现有太多的理论背离实践的部分。与春园自己所标榜的创作意图不符，他的作品中出现了很多理想主义者，他们很抽象的言谈举止，显然无助于，甚至干扰作品获得真实性的效果。即便是在主观上把握殖民地的现实并将其小说化，但是，春园的这些主观写实主义系小说⑤所呈现的顺应、逃避现实的倾向，完全就是春园理想主义文学的具体面貌。换言之，春园虽然在理论上对写实主义有正确的认识，但是实践上却呈现出典型的理想主义。春园在实际生活中打破旧婚姻的禁忌、付诸找到真爱的行动，这与其创作上呈现的止步理想主义的实践，不能不说是一个巨大的反差。

鲁迅的情况，对写实主义的理解也可以分为创作手法和创作精神两个方面来考察。鲁迅认为只有现在才是唯一有意义的对象，因此，所有的一切都要根据是否对现实的生活有积极的意义而判断取舍。基于写实主义精神和手法创作的鲁迅文学，是"为人生"的文学，就如鲁迅的主张这种文学应该有益于个

---

① 《我的作家态度》，《李光洙全集》10，第461页。
② 《论〈无情〉等全作品》，《李光洙全集》10，第520-523页。
③ 《我的小说》，同上书，第515页。
④ 《关于〈泥土〉》，同上书，第511页。
⑤ 尹明求，《韩国近代文学研究》，仁荷大学出版部，2000，第129页。

人和民族的未来以及人类的生存与发展。鲁迅的文学,并没有只停留在认清现实层面,还进一步呈现出试图改造现实的行动主义姿态。

鲁迅的文学的核心在于改造国民"麻木""冷淡"的精神,使他们远离"忘却生命的尊严""不敢正视各方面,用瞒和骗,造出奇妙的逃路"的那种"怯弱,懒惰,而又巧滑"的人生。为此,"必须敢于正视,这才渴望敢想,敢说,敢做,敢当",而鲁迅发现这恰恰是"我们中国人最所缺乏的"。于是,鲁迅就致力于"真诚地,深入地,大胆地看取人生并且写出他的血和肉"①,其目的是"揭出病苦,引起疗救"那些靠着自欺欺人的"精神胜利法"得过且过的"病态社会的不幸的人们"②。中国人性格胆怯,其实就是说中国人缺乏勇气。在改变中国国民上述劣根性的路上,鲁迅敢于揭发现实的罪恶与黑暗,并与之展开斗争,显然他再三强调现实的"真实性",确有其迫切的必要性。

(a)我想:一个作者,用了精炼的,或者简直有些夸张的笔墨——但自然也必须是艺术的——写出或一群人的或一面的<u>真实</u>来,这被写的一群人,就称这作品为"讽刺"。

"讽刺"的生命是<u>真实</u>;不必是曾有的实事,但必须是会有的实情。所以它不是"捏造",也不是"诬蔑";既不是"揭发阴私",又不是专记骇人听闻的所谓"奇闻"或"怪现状"。它所写的事情是公然的,也是常见的,平时是谁都不以为奇的,而且自然是谁都毫不注意的。③

(b)从<u>真实</u>这点来看,应该说是很优秀的。在外国读者看来,也许会感到似有不真实之处,但实际大抵是<u>真实</u>的。④

(标注重点为笔者所加)

---

① 《自序》《论睁了眼看》,《鲁迅全集》1,第416-417页和第237-241页。
② 《我怎么做起小说来》,《鲁迅全集》4,经512页。
③ 《什么是"讽刺"?》,《鲁迅全集》6,第328页。
④ 《"中国杰作小说"小引》,《鲁迅全集》8,第399页。

引文（a）是鲁迅于1935年寄给文学社的信的部分内容，文学论性质的这封信，相当于鲁迅对自己创作原则的阐述。在他看来，文学中所涉及的内容一定是在现实生活中发生过或极有可能发生的事实，即文学作品首先要令读者感到"真实"。鲁迅将文学的"真实性"比作照相写真，认为无论多么丑陋、多么令人厌恶，在照相的瞬间要摄入"真实"的一面，才能成为优秀的（讽刺）作品。

引文（b）是鲁迅于1936年应日本改造社社长山本实彦的邀请，为《改造》月刊推荐十篇中国青年作家短篇小说的时候，用日文为其所作的序言。当时中国的短篇小说几乎都是在鲁迅的影响下创作而成，这篇序文中就体现了鲁迅将"真实性"作为评价作品的重要依据。鲁迅曾告诫青年人，中国的旧书与实际人生相脱离，会让青年人丧失进取心，所以青年人要少读甚至不读中国书，而要去多读外国书[①]。上述事实都在说明鲁迅对"真实性"的重视，自然他厌恶那些脱离现实的"空中楼阁"式创作是顺理成章的事情。

由上文可知，鲁迅强调文学的"真实性"，并将现实的"真实性"作为评判文学作品成功与否的重要依据，他认为只有描绘出这种"真实性"才能真正发挥文学自身的作用。而要在文学创作中保障这一"真实性"，就要像摄影师拍照一样"如实"展现现实的原貌。作为鲁迅现实主义文学观的根基，这一创作技法体现了鲁迅对现实主义创作技法的理解。收录于《呐喊》与《彷徨》的以现实为素材的小说，几乎都具有其现实的原型或者事实根据，这也是鲁迅关于"不必是曾有的实事，但必须是会有的实情"的现实主义创作原则的具体表现。

鲁迅用这种现实主义手法，试图描绘的又是什么呢？

1922年，鲁迅在作品集《呐喊》的自序中提到，自己投身文学运动是为了唤醒国民"麻木不仁"的精神状态，并且小说的素材全部取自"病态社会的不幸的人们"的生活现状。另外，鲁迅主张要"取下假面，真诚地、深入地、大胆地看取人生并写出他的血和肉"，即要在创作中重视作品的"真实性"。

---

① 《青年必读书》，《鲁迅全集》3，第12页。

他还主张，作家不仅要成为"更高意义上的现实主义者"，去挖掘国民灵魂深处隐藏的东西[①]，更要画出"沉默的国民魂灵"[②]。也就是说，要想唤醒国民精神，就要如实反映并揭发其落伍的真实面貌。换言之，不要只停留在对"再现"和"反映"社会现状的现实主义的写作技巧上[③]，而要通过反映"穷人和平民们的辛苦悲痛"来实现"内涵的充实"[④]。

（二）"为人生的文学"

功利主义是春园文学观中最重要的特点之一，这一点与他长期以来积极参加民族运动的经历不无关系。换而言之，春园作为民族运动精英阶层的领导人，他应该强烈地意识到有必要将自己的主张和思想传达给自己领导的民众。他在多篇文章中都曾标榜自己相对文学的美学价值更为关注文学的功利（启蒙）性，强调"没有了美，尚可生活；若没有了善，就无法存活"[⑤]，并在自己文学的实践中坚持落实这个理念。20世纪20年代初，当春园开始成为国内民族运动领导人之时，他所强调的理念变得更加系统化，这应该是他为了形成符合自己当时地位的"名声"而付出的煞费苦心之结果。

1916年，春园在《文学的价值》一文中指出，西方所有文明的根源首先在于民众思想自由的自觉。他认为法国大革命是因"佛国革新文学者卢梭（Rousseau）一支笔的力量"而爆发，美国的独立战争时期触动北部民众情感，使他们向往自由的是如福斯特（Foster）的"文学者的力量"。基于这种逻辑，他主张一个国家的兴亡盛衰、富强与否取决于国民的理想和思想，而行使支配力的正是"文学"[⑥]。春园对西方近代文学的功利性的效力感同身受，并恍然大悟在自己从事的与过去截然不同的文学创作里，也能有效地利用这种功能。

---

① 《〈穷人小引〉》，《鲁迅全集》7，第103–104页。
② 《俄文译本〈阿Q正传〉序及著者自叙传略》，《鲁迅全集》7，第82页。
③ 《文艺与革命》，《鲁迅全集》4，第84页。
④ 《〈凯绥·珂勒惠支版画选集〉序目》，《鲁迅全集》6，第470页。
⑤ 《文学琐言》，《李光洙全集》10，第496页。
⑥ 《文学的价值》，《李光洙全集》1，第546–547页。

1921年，春园在《文士与修养》一文中指出，文艺在唤醒长期沉睡的民族精神并向其注入全新的精神活力，具有强大的效应。春园所关注到的就是文艺的"强有力的刺激力和可怕的宣传力之强、之迅速"[①]。春园的启蒙主义作品当中，站在施惠者的立场上试图"灌输"民族主义的主人公的频频出现，与他这样的文学观有直接关系。同时，这样的文学创作实践，根据前述关于春园的传记事实，可以推论是春园自己感悟到的文人作家使命。

1922年，春园在《艺术与人生》一文中引用罗曼·罗兰（Romain Rolland，1866—1944）的观点，认为"人生中不可避免的苦痛和不幸，就是需求艺术的根据"，他还把耶稣的"把人生道德化"、泰戈尔的"把人生艺术化"等主张解释为"人若要幸福，就有必要将人生艺术化；人若要在社会生存，就有必要将人生道德化"。春园所说的"人生艺术化"的内涵就是对人生实施"艺术化的改造"，具体说就是用艺术的力量去营造道德化的人生。

如果将生活以道德的手段艺术化，那么人生就会变成艺术；如果将生活以艺术的手段道德化，那么人生就会变成道德。这种生活可以称为"爱"与"快乐的生活"，更确切地说，爱就是道德，快乐就是艺术。[②]

只有道德化的生活成为艺术的内容，艺术才真正具有其美学价值。春园基于艺术的功利效应，憧憬着朝鲜人民更加美好的生活。当时，他从政治组织和经济组织的角度观察朝鲜人民的生活，断言"少有像朝鲜人民一样没有幸福的百姓"。于是，他主张人生必须要艺术化，换句话说，必须从道德上加以改造，而其方法就是"将这种艺术赋予我们的民众，去复活我们民众的精神生活，同时让他们拥有无限的喜悦和创造力"[③]。春园倡导"为人生的艺术"，由此可以推断他指的"人生"就是朝鲜民族的"人生"。

春园的目的在于运用文学的功利性效应，来提高朝鲜民族的生活质量。

---

① 《文士与修养》，《李光洙全集》10，第352–353页。

② 《艺术与人生》，《李光洙全集》10，第352–353页。

③ 同上书，第36–368页。

1931年,《我的作家态度》一文中,可以清晰地发现春园"为朝鲜和民族高质量的生活"之功利主义文学观。在这篇反驳梁柱东观点的文章里,春园再次阐明了自己关于民族主义和民族主义文学的主张。

在这眼前的政治体制下,我把小说创作当作了能够向同胞表达自己心怀一部分的途径。所以,写小说只是我消闲的一个方式。我到现在,也还不是文士。①

春园在当时殖民地统治的环境下,很难自由地向同胞传达民族意识和民族博爱等相关民族运动的内容。因此,他创作的目的在于"在检阅官许可的限度内,赞美、如果有可能甚至去做煽动民族运动",而且他表示不仅在过去,整个一生都将为实现这一目标而努力奋斗。②

再看鲁迅的情形又如何。

如前已述,他在《呐喊》的自序中表示自己为了启蒙国民而选择文学之路,因此鲁迅文学的出发点正是在改造国民性。离开家乡赴南京学的是采矿,这一时期鲁迅就曾对接触到的西方先进科学思想表现出了浓厚的兴趣,从此一发不可收。直到1906年弃医从文,他持之以恒地致力于西方先进科学思想的中国译介与传播。继1903年10月发表《说铂》《中国地质略论》等专业论文后,鲁迅又翻译法国作家儒勒·凡尔纳(Jules Verne)的科学幻想小说《月界旅行》③,并在东京出版。

父亲患病时目睹庸医的坑蒙拐骗,使他感到普及科学知识对提高国民生活水平的重要性。少年时代在读《山海经》时,对传说类产生过浓厚兴趣的鲁迅,此时对幻想小说类的形式表示极大的关注。在科学启蒙之路上,鲁迅很重视科幻小说的功利性作用,这在翻译《月界旅行》时就已经有所体现。

---

① 《我的作家态度》,《李光洙全集》10,第460页。
② 同上书,第460页。
③ 翻译后出版时的题目变更为《自地球至月球在九十七小时二十分间》。

盖胪陈科学，常人厌之，阅不终篇，辄欲睡去，强人所难，势必然矣。惟假小说之能力，被优孟之衣冠（指借用小说的形式传授科学知识——笔者注），则虽析理谭玄，亦能浸淫脑筋，不生厌倦。①

1909年，鲁迅在与弟弟周作人共同翻译刊行的《域外小说集》的序文中，也表示文艺具有转移性情，改造社会的功能。②1906年以"幻灯事件"为契机走上思想启蒙之路的鲁迅，对文学的功利性效应有了更明确的认识，并有意识地将其活用在思想启蒙的实践中。他在《呐喊》的自序中鲜明地表达了这一主张，文中鲁迅对《呐喊》出刊（1922年）之前，人生旅程的各个方面进行了概括，经历了"幻灯事件"后，认识到作为科学启蒙之一环的"医学"并不是最重要的。因为在他看来，精神状态有问题的国民即使身体再怎么健康，也只能沦落为毫无意义的"游街人"和"观众"，并不能对国家和民族的生存、发展，起任何积极的作用。因此，他认为最重要的是"改变国民的精神"，而"改变精神"最有效的方法是"推文艺"、提倡"文艺运动"。鲁迅提倡"文艺运动"后尝到了一次失败的苦果，于是，回国后面对挫折和暗淡的国内现实沉默了一段时间，试图"用了种种法，来麻醉自己的灵魂，使我沉入于国民中，使我回到古代去"。此间，在朋友钱玄同的劝说下，他写下了第一部作品《狂人日记》。在他们之间进行的关于"铁屋"的讨论中，鲁迅认为不能因为自己的绝望而否定别人的希望，并决定参与唤醒关在"铁屋"里濒临死亡边缘的人们。由此可知，《狂人日记》是为了依靠文艺的功利性作用，来唤醒安住于"吃人"现实的国民而创作的作品。

直到经历十多年后的1933年，鲁迅依然没有放弃自己在思想启蒙之路上，为了启蒙国民而选择的功利主义文学观。正如在《呐喊》的自序中表白"自己的小说离艺术相差甚远"那样，鲁迅表示"我也并没有要将小说抬进'文苑'里的意思，不过想利用它的力量，来改良社会"，并留下了关于小说

---

① 《〈月界旅行〉辨言》，《鲁迅全集》1，第416-419页。
② 《序》，《鲁迅全集》10，第161页。

创作的动机和创作原则的如下记录。

说到"为什么"做小说罢，我仍抱着十多年前的"启蒙主义"，以为必须是"为人生"，而且要改良这人生。我深恶先前的称小说为"闲书"，而且将"为艺术的艺术"，看作不过是"消闲"的新式的别号。[①]

鲁迅选择思想启蒙之后，始终没有忘记改造国民性的重担，因此，他所主张的"为人生的文学"，我们很容易就能判断那是服务于中国人民生存和发展的文学。

总之，春园和鲁迅都深刻、精准地理解和掌握了作为文艺思潮的近代现实主义的创作精神和手法。他们的共同点在都基于正确的现实认识，努力将其反映到各自的文学创作实践中，从而进一步追求改革和憧憬自我民族的高质量的精神和生活。但是需要留意的是，春园的文学实践与理论认知并不十分统一。在作品中出现的那些理想型的人物，以及他们喊出的极其抽象的口号是宣传，反而更接近于理想主义的面貌。这意味着春园致力扭转和改变民族现实的文学实践，实际上止步于描绘理想世界或具有理想民族性格的人物上。况且，面对殖民地统治下的现实，他推崇的排除"政治性"的民族运动，实际上难免是一厢情愿的主观愿望的产物[②]。从而，春园最终只能呈现出逃避现实或者妥协于现实的病态结果，这在春园身上表现为理想主义。

鲁迅只认准把握住眼前的"现实"，在作品创作中也始终批判和杜绝逃避现实、进而陷入甜蜜妄想的现象，这显然与春园形成鲜明对照。同时，春园和鲁迅的文学观都有注重功利主义的性质。他们通过各自接受的近代文学，即对近代现实主义文学理解，共同关注了近代文学的功利主义效应。他们所注重的不是从前的"文以载道"的功利效应，而是在解决民族现实问题的实践中文学的实际效应，其实质就是"为人生的文学"，是以提高各自民族的生活质量

---

① 《我怎么做起小说来》，《鲁迅全集》4，第512页。
② 伊东勉著（徐恩惠译），《什么是现实主义》，韩国：青年社，1900，第138页。

93

为目标的文学,因而保证了他们各自文学进步的、积极向上的意义。

二、民族改造思想的形成与发展

时代强烈要求改变现实,而现实社会却无法满足时代变革的要求;先驱者适应时代的需要已经高高举起了革命的旗帜,而民众却依然沉迷于落后的封建意识之中——春园和鲁迅敏锐地发现了当时各自国家这样的状况,并为了缩小那些差距,为了各自民族的进一步发展都付出了艰辛的努力。二人都认定,改变现实的关键在于改变作为社会主体的民众意识,从而他们付出的艰辛努力都是为了改变当时各自国家的民众的精神。当时中韩两国不同的社会状况,即殖民地统治下的韩国和半殖民地半封建体制下的中国的状况,以及如前所述他们的不同的人生体验和经历等,导致春园和鲁迅的同一种努力呈现了不同的样相。本研究拟从比较文学视角,分析春园和鲁迅改变各自民族意识的努力的背景和其真实状态。

春园在《民族改造论》中系统地阐述了自己的民族改造思想,而鲁迅没有在特定篇章中集中阐明自己的"国民改造"思想。因此,本文将以《民族改造论》为中心分析春园的思想,而鲁迅的"国民性改造"思想则通过分析他的"杂文"来梳理。

(一)春园的"民族性改造"论

春园的《民族改造论》由《辩言》和《上》《中》《下》篇构成。《辩言》中明确民族改造思想的来源;《上》篇通过全世界范围和韩国内部民族改造的历史考察,阐明其教训和意义;《中》篇指出民族改造就是对民族性的改造,是道德层面的改造,并指出其可能性和长期性;《下》篇中提出民族改造的主要内容和期望达到的目标。

春园首先以泛世界视角考察了民族改造运动的先驱者的实践,即古希腊的苏格拉底、柏拉图的民族改造运动。由此,他归纳他们失败的原因在于缺乏"具有共同理想的坚定团体"。接着他把视线转到朝鲜,指出甲申以来朝鲜兴起的金玉均等人的政府改革运动、甲午更张,徐载弼的独立协会,以及甲辰之后的西北学会、畿湖学会、湖南学会、峤南学会等，均因缺少同志或者同志间没有形成牢固的团结而失败。据此，他得出在民族改造运动中，最重要且有效的方法是"组织团体"这一结论。有了团体，在任何环境中其初衷都会得以延续而不遗失，相对个人可以发挥更大的影响力，利用多数人的能力、学识、技能和财力可以持久地运营相关事业，不会受到个人有限生命的限制，可以永久地保存和宣传新思想[1]。于是，春园开始主张依靠团体的力量，且排除一切政治因素的民族改造运动，他所说的"民族改造"指的就是"民族性的改造"[2]。接下来，我们一观春园所认知的当时的民族状况。

缺乏团体生活的民族必然走向衰退，春园从这一逻辑出发，认为"朝鲜民族衰败的根本原因在于堕落的民族性"，并指出其具体表现为虚伪、懈怠、无信、缺乏社会性[3]。春园认为朝鲜王朝史就是国王和两班的暴政历史，"近代朝鲜仅仅是虚伪和懈怠的记录"。他担忧这种情况如果持续下去，朝鲜民族会一再衰败而失去复兴的可能，最终走向灭亡。洞悉民族生存和发展的基础如此脆弱和恶劣的现实情况后，春园对朝鲜民族的命运虽然感到"悲观"，但为了扭转这种危机，依然提出自己深思熟虑后的解决方案。

正如前所述，春园强调"民族改造是拯救朝鲜民族的唯一途径"，提出"最重要的方法是组织团体"，依靠团体的力量向全体国民普及"务实和力行的思想"，从而实现民族改造的根本目标。但是，春园所说的团体并不是由全体改造对象所组成的团体，而是由具有"人格、学识和能力的人""指导者、专家和会员"所构成的团体。换言之，他要组织的团体是由"少数善人，也就是带有最少量民族根本恶性的人"，即先觉者所构成的同盟团体。因此，这个团体是由民族成员中的先驱者组成的精英组织。春园继而强调，"选择优秀指导者和顺从所选择的指导者"的重要性。由于"非特别伟大的人格者，难以单独对抗和征服社会的风潮"，迫切需要"民族的指导者"[4]。在指导者的带

---

[1] 《民族改造论》，《李光洙全集》10，第119页。
[2] 同上书，第124页。
[3] 同上书，第120-127页。
[4] 同上书，第113页，第119页，第122页，第128页，第137页。

领下，同盟的成员需要先从自我改造做起，逐渐感化民众，从而不断地扩大这个团体，最终去实现民族性的彻底改造。这个思想与1921年7月发表的《中枢阶级和社会》中，为了构建民族的中枢阶级，首先要挑选合适的人物，组织追求"修养"和"修学"的同盟，依靠这个团体实施"民族改造运动"，将无能的民族转变成有力量的民族的主张不谋而合。春园的这个思想，与同年11月在《致少年》中提出的组织"少年同盟"，倡导"务实力行结盟"主张基本相同。可以推断，《民族改造论》是春园从上海回国后，经过一段时间的深思熟虑而炮制出来，并准备用来做自己指导国内民族改造运动的指导思想。

春园看清了阻碍民族生存发展的颓败和恶劣的现实状况，作为在灭亡危机中拯救民族的方案，提出"民族性改造"这一口号。为了使民众成为朝鲜近代化的主体，在唤醒民众的"团体事业"中，春园强调了少数先驱者角色的重要性。这意味着强调主观能动性，鉴于根深蒂固的封建社会的"社会陋习"，也体现了初期启蒙者常常带有的浪漫主义性格。

鲁迅在这一点上，也体现出了类似的特征。鲁迅认为，造成中华民族恶劣性的根源是经历数千年流传至今，依旧统治现实的腐朽的传统。然而，作为新生先驱者的力量尚且薄弱，但又不能向腐烂透顶的封建势力示弱，因此，先知先觉此时强调主观的浪漫主义是非常切实的选择。

春园在《民族改造论》的开文就已经说明，该文阐述的主要内容"关于民族改造思想与计划"，实际上发端于海外同胞之中。众所周知，岛山安昌浩致力于通过"务实力行"的核心思想，试图实现提高民族的基本素养和培育领袖型人才的目标。根据把春园思想分为三个发展阶段的主张，这一时期是他在岛山安昌浩的影响下超越初期的启蒙阶段，应该正值强调民族改造思想、培养领导型精英人才的第二阶段（1920—1930）。[1]在日本留学期间，岛山的演讲就曾让春园兴奋不已，但是直到在上海临时政府出任机关刊物《独立报》社长兼主编时，春园才真正得以面见岛山并与之共事。春园听到岛山介绍的兴士团及其理念，顿时引发强烈的共鸣，随即加入了兴士团，并在《民族改造论》

---

[1] 朱耀翰，《春园的思想·民族性改造与精英形成论》，《李光洙全集》17，三中堂，1962，第557–563页。

中系统地介绍了"务实力行"和"渐进论"等岛山思想的核心内容。[1] 作为岛山在远东地区发展的兴士团的第一个成员,第一个将这个思想介绍到韩国,春园的确应该是最有资格和最合适的人选。只是,其中"排除政治性,只强调道德性"的观点,作为在殖民地统治下开展的民族运动,属实有些难以为人所接受。

政治的独立是一种法律上的手续,是具有独立的实力、时来运转的时候,作为一种获取国际承认的手续,而不是仅仅靠着运动就能够实现的。我们经历过去痛苦的体验,才领悟到了这珍贵的真理。我们不会再愚蠢地从外界寻求救援,也不会再幼稚地将实现目的寄希望于侥幸。从现在起,我们要从根本上做起的事情就是正经大道的改造民族,是去培养实力。[2]

这样的主张,如若不是在殖民地统治下的民族现实,则可以承认是有其自身的正当性和合理性。曾经起草了《28·独立宣言书》,曾出任上海临时政府青年党的理事、临时政府机关刊物《独立报》的社长、临时政府国史编纂委员会主任,大韩红十字会上议员、大韩教育会编辑、兴士团远东支部发起委员,[3] 这些华丽的阅历,足以证明春园一直站在民族独立运动的第一现场,而且是位于领导阶层。同时,根据上述引文以及春园的经历足以推断,春园并非一个对绝对力量控制下的政治现实毫无认知的局外常人。因此,身处那种殖民地统治下的民族生存的现实中,却大肆主张排除政治性的民族运动,其行为本身就很难逃脱顺从当时殖民地政治秩序的嫌疑。脱离激烈的民族独立斗争第一线,转而去致力于揭露和改造民族内部恶劣的道德性,为此甚至于不惜非难德高望重的爱国人士[4],春园这样的言行已经在证明,他完全沦落成了当时日帝殖民地统治下的一介"帮凶"。年少时身不由己地融入民族运动,成长之后自

---

[1] 岛山几年事业会编,《安岛山全书 中》,(株)汎洋社出版部,1990,《演说与谈话》部分。
[2] 《民族改造论》,《李光洙全集》10,第132页。
[3] 《春园李光洙年谱》,同上书,第557页。
[4] 《民族改造论》,《李光洙全集》10,第139页。

主选择投身民族独立运动的志士型的春园形象，到了这一时期却荡然无存。之后，在文艺作品中出现的过于频繁的作者介入或作者"呼声"的出现，就不仅仅是他严重的"自恋癖"使然，应该说是一种有意识的行为，是对自己难以说清楚的这一阶段人生"污点"的一种洗白，可以推断是有意操作的一种"辩解"行为。换言之，春园利用自己的文学作品来挽救由于妥协现实而受损的"名声"，来对自己的一些难以说服众人的行为做自圆其说的"辩解"，这个指责并非空穴来风，是有其一定的合理性。

在撰写这篇文章的时候，春园个人的生活正处在从未有的鼎盛时期。他所追求的"主权国家的革命运动在外国进行更方便，没有主权而成为他人殖民地国家的独立运动须在国内进行"[①]的构想，也在顺水推舟般顺心如意地展开。个人生活方面，春园和许英肃经过自由恋爱如愿结婚成家；事业上，他主导的韩国内修养同友会如期成立。然而，这些都不是他当初所从事的那个意义上的"独立运动"，而是已经可以说变"样"了的民族运动，是基于道德性改造的民族内部的全面改造运动。毋庸讳言，是过去独立斗士的称号给他带来了这样安定的个人生活和实实在在的"领导者身份"。由此可以推论，春园关于"民族性改造"的理论和强调领导者作用的主张，也掺杂着为个人的"转型"提供合理化借口的成分。因为春园以《民族改造论》为代表的这一时期的论调，相当于他一跃而成为国内民族运动领导人的理论指导书和宣言书。

过度偏向于个人名利主义的选择，与春园自己刻意杜撰的冠冕堂皇的"借口"无关，令他掉入了无法自已的"陷阱"。在日本殖民地统治下的政治现实中，在殖民主义那种绝对力量支配下，春园难以独善其身。于是，与自己本人的意愿无关，春园在殖民地的统治现实下无法脱离其控制，其结果惹下了妥协殖民地现实的悲剧性的"亲日"行径。一直沉迷于"自恋癖"的错觉中，堂而皇之地为自己"辩护"的春园，当客观地发现自己是和"阿Q"一样的人的时候，历史已经转向了他自己无法扭转的方向。

[①] 《我的告白》，《李光洙全集》7，第264页。

（二）鲁迅的"国民性改造"论

鲁迅的国民性改造和春园的民族性改造有其类似的方面，这表现在看穿堕落的各自国民精神的恶劣状况；以启发安于现状懒于改变的国民为各自文学的出发点；还有强调在解决本民族劣根性中先知先觉者的作用等方面。

"国民性"的问题是鲁迅从弘文学院时期就开始关心的领域。根据许寿裳证实，鲁迅在日本留学初期就对如下三个问题：怎样才是最理想的人生？中国国民性中最缺乏的是什么？它的病根何在？[1]表示了极大的关注。从科学启蒙到精神启蒙，鲁迅将这些日本留学初期关于国民性的问题渐渐具体化了起来。鲁迅幼年时期对有待否定的传统要素的危害，有了切身的体会和透彻观察，加上后来考察西欧的近代文明，对民族性格有了更加全面的思考。因此，他不仅仅止步于揭露国民恶劣的本性，还提出了理想的国民性格。下面先来考察鲁迅对国民劣根性的整体分析。

> 诚然，必须敢于正视，这才可望敢想，敢说，敢作，敢当。倘使并正视而不敢，此外还能成什么气候。然而，不幸这一种勇气，是我们中国人最所缺乏的。[2]

鲁迅觉察到由于缺乏正视现实的勇气，生活在自我欺骗之中的中国人的真实状况，并加以无情的揭露和批判。因为勇气不足，中国人不论在什么事情上，遇到千钧一发的瞬间，都会闭上眼睛，迫使自己沉陷于幻想之中，听天由命。因此，对中国人来说任何时候都是"太平天下"，任何时候都只能看见"团圆"，甚至于连经历痛苦也不过是"天将降大任于斯人也"，把它看成正常的试炼。凡是完全靠这种"瞒和骗"，中国人"创造了奇特的现实逃避之路，把它看作是正道"，在"无问题，无缺陷，无不平"的世界里"也就无解决，无改革，无反抗"，过着保守伪善的"聊以自欺，而且欺人"的人生。但

---

[1] 许寿裳，《亡友鲁迅印象记》，《鲁迅回忆录》（专著部分，上册），北京出版社，1999，第226页。

[2] 《论睁了眼看》《鲁迅全集》1，第237页。

是，生活在这种被人为扭曲的生活现实中，中国人会随着时间的流逝渐渐变得堕落，结果终将导致整个民族"怯懦，懒惰而又巧滑"的恶劣性格。[1]

这种国民性又会生发新的劣根性。利用一厢情愿的主观愿望造成的"幻觉"，不仅安慰自己、掩盖和曲解现实的真实面貌，还"务期与其己所望吻合"，如果连这个都无法实现，就会"保留住自卑的习气"，变得"柔驯屈伏"。鲁迅将前者称为"内讼"，后者称为"自卑"，并斩钉截铁地判断其为中国人的劣根性之一。[2]

缺少直面现实的勇气就会产生"内讼"者，"内讼"者会在幻想中获得子虚乌有的满足，从而达到逃避残酷的现实的目的；而"自卑者"连"内讼者"获取的子虚乌有的满足都得不到，一旦面对现实，就先"慑服、曲媚"自己而终。鲁迅所认知的这些国民的"劣根性"，所衍生出来的具体万象更是举不胜举。

中国人对内将吃人的现实当作"太平天下"；而"对于异族只有两样称呼：一样是禽兽，一样是圣上"[3]。这是"遇见带有会使自己不安的朕兆的人物"，就会要么使用"压"，要么使用"捧"等伎俩的具体表现。

> 压下去就用旧习惯和旧道德，或者凭官力……（中略）压不下时，则于是乎捧，以为抬之使高，厌之使足，便可以于己稍稍无害，得以安心。[4]

这样偏向两个极端，不是"上位"就是"下位"，换句话说，只有不是奴隶就是奴隶主的两种选择。鲁迅认为，在以儒教的"三纲五常"为核心的封建伦理思想的统治下，中国的国民性的根本已经沦落到了这样一种奴隶性。

由于强权的压迫和蹂躏，中国人就像天生的奴隶一般，生活至今从未拥有过"人"的资格，充其量是奴隶，甚至更多的时候还不及奴隶的待遇。因

---

[1] 同上书，第237–238页。
[2] 《通信·复张孟闻》，《鲁迅全集》8，第228–229页。
[3] 《灯下漫笔》；《随感录·四十八》，《鲁迅全集》1，第212页、第336页。
[4] 《这个与那个》，《鲁迅全集》3，第140页。

此，鲁迅经过观察后，将中国的历史划分为"一，想做奴隶而不得的时代；二，暂时做稳了奴隶的时代"[①]。也就是说，中国人的生活早已被界定在严格的封建等级制度框架之内。

有贵贱，有大小，有上下。自己被人凌虐，但也可以凌虐别人；自己被人吃，但也可以吃别人。一级一级的制驭着，不能动弹，也不想动弹了。[②]

不仅如此，为了给不敢面对现实、回避现实的自我行为制造合理的名分，还制定了各种禁忌事项，便于掩盖事实真相，如"学者的进研究室主义，文学家和茶摊老板的莫谈国事律，教育家的勿视勿听勿言勿动论"[③]，就成了大受青睐之举。

然而，比起这样安于现状更为严重的问题，则是不仅如此安于现状，还懒得甚至不愿意变革这样的现状，甘于过着麻木不仁、毫无进取的人生。只要"不是很大的鞭子打在背上，中国自己是不肯动弹的"。因为，如要变革则牵一发而动全身，得不偿失，所以太难改变，"即使搬动一张桌子，改装一个火炉，几乎也要血；而且即使有了血，也未必一定能搬动，能改装。"[④]一切都要遵循流传下来的旧规，不管什么事情，"倘与传来的积习有若干抵触，须一个斤斗便告成功，才有立足的处所；而且别恭维得烙铁一般热。否则免不了标新立异的罪名，不许说话，或者竟成了大逆不道，为天地所不容。"[⑤]出于卑鄙的奴隶本性，什么事情都不愿抢在前面，也不喜欢落在最后，最大的乐事就是拉帮结伙，永远地去做一群麻木不仁的"戏剧的看客"。这些庸俗的乌合之众，即使赢了是一伙庸众的胜利；输了，也属于一伙庸众的失败。[⑥]于是，个

---

① 《灯下漫笔》，《鲁迅全集》1，第140页。
② 同上书，第215页。
③ 《春末闲谈》，《鲁迅全集》1，第205页。
④ 《娜拉走后怎样》，《鲁迅全集》1，第163–164页。
⑤ 《随感录·四十一》，《鲁迅全集》1，第324页。
⑥ 《娜拉走后怎样》，《鲁迅全集》1，第163页。

人的"自我"将永久地被埋没，人的"自主性"也永远得不到伸张。

鲁迅看穿了国民的奴隶本性，对国民未来的命运表现出了深切忧虑。他主张，现在"最要紧的是改革国民性"，而不是忙碌建立什么专制、共和等政治体制的问题。① 鲁迅认为，如果不先去改革低劣的国民性，中国人将会失去世界，"要从世界人中挤出"，即使没有被逐出世界，"暂时仍要在这世界上住"，那也只能成为毫无意义的存在，并称自己为此而感到"大恐惧"②。

面对这种情况和由此引发的忧虑，鲁迅提出改变这种国民性的具体方案。他主张应该先去解决国民性最缺乏的"勇气"问题。为此，要去摆脱以"权威"形象显现，被"庸俗的群体"利用做压制个人的所谓"世袭和传统"的束缚，然后，才可以拥有向往个人自主生活的"勇气"。鲁迅同时为此提出"掊物质而张灵明，任个人而排众数"的主张。作为更具体的方案，鲁迅强烈呼吁作为"反抗者"的"先觉者"的出现，鲁迅认可的理想的典型"先觉者"就是叔本华、易卜生、尼采等。

鲁迅在对西方近代文明发达史的考察中发现，叔本华、易卜生、尼采等人的主张对于铲除中国国民的劣根性具有他山之石的借鉴意义。他在传统的否定中，曾高度评价了恶魔派诗人敢于"对抗旧习和社会、追求真理"的清醒的"个性"，就是因为在恶魔派诗中发现了摆脱中国"传统"束缚的有益因素。鲁迅的"拿来主义"在国民性改造中，也发挥了其真谛。

> 故如勖宾霍尔所主张，则以内省诸己，豁然贯通，因曰意力为世界之本体也；尼佉之所希冀，则意力绝世，几近神明之超人也；伊勃生之描写，则以更革为生命，多力善斗，即迕万众不慴之强者也。③

其中，鲁迅对尼采最感同身受，对他的"超人之说"深表共感，评价尼采是"个人主义的雄桀者"。"上帝死了"以及查拉图斯特拉的"我希望现在

---

① 《两地书·八》，《鲁迅全集》11，第31页。
② 《随感录·三十六》，《鲁迅全集》1，第307页。
③ 《文化偏至论》，《鲁迅全集》1，第55页。

能抛弃我,去发现你们"①的呼喊,在鲁迅看来对于中国国民摆脱社会习俗和"传统"的束缚,拥具独立人格,寻找自主生活,具有极其珍贵的他山之石之意义。

深刻认知了国民低劣的奴隶本性的鲁迅,呼吁国民要具备尼采式超人的意志,克服造成那种奴性的所有旧的"习惯、信仰、道德",去谋求真正自主的自由生活。鲁迅的最终目标,就是让社会的所有成员找到自主的"个体",去享受平等的自由生活。

……要自己和别人,都纯洁聪明勇猛向上。要除去虚伪的脸谱。要除去世上害己害人的昏迷和强暴。(中略)要除去于人生毫无意义的苦痛。要除去制造并赏玩别人苦痛的昏迷和强暴。我们还要发愿:要人类都受正当的幸福。②

鲁迅所向往的是没有尊卑和压迫,所有人都享有生存和发展自由的世界。为了实现这一目标,不仅要揭露和反抗压迫个体、抹杀自由的现实中的所有"权威",同时戒备阻止新的"权威"发生,这是鲁迅一生所期盼和追求践行的目标。

总之,无论春园的"民族性改造",还是鲁迅的"国民性改造"都是主张否定"传统"的延续。他们都试图努力启蒙和教育处于陈腐精神状态的各自的民族,使他们成为各自国家近代化的主力军,但与出发的背景,即与个人问题和现实情况联系起来时,却呈现出迥然不同的面貌。

从春园的情况来看,无视日本帝国主义殖民统治的残酷现实,排斥政治性而只考虑民族性改造的主张本身,已经难逃与现实妥协的指责。加上联系到春园离开上海临时政府回国的那段并不明了的事实,对春园都可能是造成致命人生污点的潜在因素。抛开病态的自恋癖这一个人性格,那些行径本身就完

---

① 尼采(崔万红 韩译),《查拉图斯特拉如是说》,韩国:集文堂,1997,第89页。
② 《我之节烈观》,《鲁迅全集》1,第125页。

全可以判定为缺乏民族意识和历史意识。毫无说服力的"辩解"、一再呼吁的"自我清白"不仅出现在春园的多篇政论文章，连文学创作上也有常现其端倪，显然这对他的作品的成功度也产生了负面影响。因此，春园的文学评价上也蒙上了一层阴影，而导致这样一个结果完全归咎于他个人不理性的行为。

与春园相反，鲁迅在论述和创作中始终没有放弃对国民劣根性的批评。虽然与春园相比，半封建半殖民地的时代背景条件，略显游刃有余，但他的民族批评与个人利益毫无关联，这一点是鲁迅与春园的根本差异所在。在走马灯一样变化多端的现实政治面前，鲁迅始终表现出坚守信条，不屈不挠。相对即便是生命受到威胁也不屈不挠的鲁迅，春园的那些偏向个人一己之利的言行只能相形见绌。

第二节　文学作品的分析与比较

一、启蒙思想的形象化

（一）近代自我意识的表现

因家庭的没落而成为孤儿的春园，无意当中成为少年家长后，为了祖父和妹妹的生计而千辛万苦，一度日子过得十分艰难。通过入道东学，春园告别艰难的童年生活，终于踏上标准的人生道路。[①]春园人生的起步并非经过学校的学习阶段后，顺其自然地步入社会，而是履行了先经历现实社会的历练后，反过来进校园深造的顺序。经历日本留学后，春园的优越感达到了极度的膨胀。回国前创作并发表日语小说《爱か》（《爱与否》）后，他对自己的文笔也有了高度的自信。1909年1月12日的日记中，他甚至留下了在没有文艺的朝鲜做"第一个文学家"的记录。

---

① 参阅拙稿，硕士学位论文，第13页。

第三章 文学作品的比较研究

一方面，当时自称有志气的青年们觉得这不是安闲地坐下来求学的时候，而是慷慨激昂地要回到故国启蒙民众的时候。那一年正好是合邦的庚戌年，那情形可想而知吧。还有一个理由就是（中略）学习还有什么用，我不是已经达到最高的知识水平了吗，我不是已经完全具备了应有的人生观和世界观吗。①

上述引用，表现出第一次留学结束后的1910年前后，受聘五山中学时春园的心境。这段时间既属于创作的练笔习作期，同时也是春园近代自我意识和民族意识的形成初期。而且，亲历当时发生的安重根暗杀伊藤博文、高宗让位、海牙密使等历史事件，春园切实感受了国内高昂的抗日情绪，所以，他充满自我意识和民族情的论述和创作，也是一种正常的反应，他积极把当时自己那种主张或心境反映到了自己的创作之中。

正如春园第一篇日语创作小说《爱か》的基调是"无情"，这成了他初期短篇小说的一种模式。11岁失去父母、上有年迈的祖父、下有年幼的妹妹、那些无情的亲属、未接受正常的学校教育、后来在他人的帮助下去日本读三年中学等，《爱か》的主人公"文吉"，完全是作者春园自己的化身。14岁的"文吉"独自在异国他乡求学，寂寞难耐之余渴望获得同窗朋友的友爱。他对日本少年同学"操"产生了一种朦胧的同性之爱并寄出了求爱的信件，还收到了对方肯定的确认信。放假回国前一天晚上，"文吉"去拜访"操"，但是因为缺少勇气，最终没敢去面见在里屋学习的"操"，抱憾而归。"文吉"失去信心打算自杀，但被工作人员发现而未遂，只好流着遗憾的泪水，在那里慨叹和埋怨这个无情的世界。

1918年发表的小说《尹光浩》的主人公，也在依赖同性恋的追求试图逃离"无情"的世界、与作家亲身经历的大面积重叠等方面，与春园第一篇日语小说《爱か》的主人公"文吉"有很多相似之处。这是在长篇小说《开拓者》完稿后，春园仅仅几个月之内发表的另外一部作品，所以难免是"倾尽所有的

---

① 《他的自叙传》，《李光洙全集》6，第341页。

105

热情之后，空荡的内心还没有注入新的感动之前"①的仓促之作。主人公"尹光浩"是东京K大学的特惠生，即将成为"朝鲜高级人士"，但却总是无法摆脱自己内心的"悲哀和寂寞"。这是靠"亲友的爱和慰藉的力量"无法克服的，究其原因是因为父亲去世、母亲改嫁，导致他24年来没有尝到"家庭的温情"而生活在一个"冰冷世界"之故。最终，他"爱"上一个叫"P"的同性并血书乞求爱情，但在对方要求的三个条件中，只能满足"才智"一项，而不具备另外两项"黄金和美貌"，因此"失恋"后引发狂躁，最终自杀。

上述两部作品，属于春园个人自主意识形成的过程中创作的小说。春园在留学时期接触到日本私小说，从而领悟到"身边琐事"也能成为文学的要领。因此，上述两部作品，都属于在春园自己亲身体验的事实的本体上接入一些虚构的细节场面，从而试图达到吐露自己当时内心情怀的创作。春园试图吐露的就是父母早亡而生成的"孤儿意识"，而这个"孤儿意识"衍生出来的不仅仅只有"爱情饥渴症"，还有春园自身客观的反省和觉悟。虽然对爱情的渴望，是思念自己逝去的父母的一种表现，实际上那是春园"恋母情结"的崩溃。没有父母关爱的人生是多么的孤独和寂寞，然而在这样严峻而无情的现实威胁中，春园并没有找到可以替代父母的心理支撑点。在他看来"比起金钱、地位和名声，寻求不问来历的爱"②更为迫切。他笔下的主人公无一例外地选择"自杀"这一条路，体现了作家春园自己内心的绝望。春园试图通过创作的渠道，寻找摆脱内心困境的出路，在作品中对同窗的爱情便成了他找到的父母之爱的替代。当然，正当处在青春期的春园当时的年龄，也可以构成一个原因。春园内心的这种倾向，在1915年的作品《金镜》中表现得尤为明显。

《金镜》与前面两部作品在刻画一个与作者极其相似的主人公这一点上，可以说有异曲同工之妙。《金镜》讲述了失去父母、与年迈的祖父和两个年幼的妹妹相依为命的主人公"金镜"，日本留学期间的交友情况、上学情形，以及抱着"读了大学做什么"的傲气受聘于五山中学的过程，可以说

---

① 金东仁，《春园研究》，《金东仁评论全集》（金治弘编著），三英社，1984，第107页。
② 《我·第四个故事》，《李光洙全集》6，第457页。

这篇小说完全是当时春园真实生活及心境的写照。但是，相对前面的两部作品不同，《金镜》中可以窥见作者的自省式的言谈以及自尊意识的觉醒。例如，"金镜"一边饮恨自己没有先辈引导的成长环境，一边心生"即便是现在，能够在值得敬畏的严师门下受教哪怕是一年呢"的念头、反省自己"骨子里没有坚定的人格"、燃起"自主生活"欲望等，都应该是春园当时的真实情况的反映。就因为春园感知了父母前辈的缺位而造成的自己人生的缺憾，才有了面对那莫名的内心空虚的客观认知。

纵观春园日本留学之前的传记事实，与其说这是他的主观选择，不如说大部分都是各种外因导致的结果。他入道东学直至被选为天道教资助的留学生，虽然其聪颖的天资与自身努力有一定的关系，但是那契机却不是他凭着自己的努力而获得的。结束留学的时候，春园就已经超越了那种被动的处境，步入了追求"个人意识"的自省和自觉，选择更有自主性和"自觉的人生"的阶段。

与此同时，他的当务之急是需要寻找并充实父母缺位的内心空间。在这种需求下，春园发现了"民族"，进而构筑了自己能够去追求自主生活的"精神支柱"。这个时期，托尔斯泰主义似乎并没有与春园面临的现实有什么联系。作为替代父母缺位的对象，岛山安昌浩成了春园认可的人格替代，同时岛山有时候在春园的眼里又是"民族的代表人物"。

即便如此，上述三部作品中提到的"自我意识"并没有直接转化成"民族意识"，真正将这两个"意识"融为一体的作品，应该是《幼小的牺牲》和《献身者》。

1910年2月，春园在杂志《少年》发表的《幼小的牺牲》中，少年主人公的父亲被沙俄士兵杀害，由此主人公幼小的内心燃起了复仇之火。在作品中，少年个人的复仇欲望升华为民族意识的细节，体现在祖父的教诲和少年的心理描写中。

你爸爸死了……为了国家！为了同胞！（中略）你的父亲死得体面……是为了国家，为了同胞而死的啊！……

我亲爱的父亲死在那个家伙手里,还有我们血脉相连的同胞都成了那个家伙的奴隶,在饱受着猪狗一般的虐待。我们没有土地,没有房子,没有自由,没有权利,如行尸走肉般活着。①

年幼的牺牲者将为父报仇的心情升华为民族复仇情怀。虽然,两种情感与意识联系到了一起,但似乎其目的不是很明朗,但这是春园第一次有意识地把自己个人的"自我意识"与"民族意识"结合起来的创作,其茫然性应该归因于春园的创作水平。

《献身者》讲述的是主人公"金光浩"关于虚无缥缈的教育热的故事。之所以指出主人公的教育热是虚无缥缈的,是因为主人公只盲目地热衷于模仿近代式教育的表象,并没有呈现出具体的教育目的,春园自己也似乎感觉到了这一点,在作品末尾附言"主人公的人格很不完整"②。而且,作品中的主人公显露出"不能让自己学校的学生输给别人"的念头,从作品情节来看显然也是出自对"民族"的一种茫然的爱,因为并没有用什么具体的事件来做背景支撑。

1910年未完稿的短篇小说《无情》,也有必要做一个考察,因为这部作品是春园真正用自己的创作,形象地揭露和批判民族的低劣道德和腐败传统的起始点、是春园试图清算自己"缺乏自主意识生活"的出发点、也是春园试图刻画沉迷于腐朽的封建传统旧习而度日的自我民族"典型人物"的出发点。该作品描绘了"无条件地服从父母与丈夫之命令"的"典型的韩国传统妇女"的"悲哀和绝望"。女主人公遵从父母之命16岁就嫁给12岁的小新郎,几乎将其抚养成人,而成人后的新郎却不顾两人的婚姻,还要打算纳妾。于是,女主人公试图以自杀表示对丈夫的反抗。春园曾批判男尊女卑和三从四德的《朝鲜家族的革新》、谴责早婚弊端的《早婚的恶习》、强调子女独立人格的《子女中心论》等文章的主张,在这篇作品中都形象地呈现了出来。将自己的思想主张

---

① 《幼小的牺牲》,《李光洙全集》1,第556页–558页。
② 《献身者》,《李光洙全集》1,第568页。

系统化后，试图在自己的文学创作中予以形象化的这些过程当中，春园逐渐确立了自身的主体和自主意识。

近代自我意识和民族意识凝结于一身的主人公，在上述作品中开始出现或者初现了一些端倪。春园所追求的近代自我意识和民族意识真正清晰地呈现在作品中，还是在1917年他的长篇小说《无情》的面世之时。前期的短篇小说中显现过的春园种种主张的端倪，作为具体的样相集中体现在这部他的第一篇长篇小说、也是韩国近代第一部长篇小说之中。

朱耀翰曾指出，春园在1920年之前主要的思想主张是尊重个性为核心的启蒙思想，这已在前面有过交代。而且，相关言论和创作主要集中在1916—1918年，这不仅仅是指1917年面世的长篇小说《无情》而言。《早婚的恶习》（1916年）、《朝鲜家族的改革》（1916年），还有后来成为启蒙代表作《泥土》主题思想的论文《农村启发》（1917年）、《婚姻论》（1917年）、《复活的曙光》（1918年）、《从宿命论的人生观到自力论的人生观》（1918年）、《子女中心论》（1918年）和《新生活论》（1918年）等一系列春园代表性的启蒙作品，也都发表于这一时期是其根本理由所在。还有，将自我意识和民族意识很好地形象化的作品长篇小说《无情》《少年的悲哀》《开拓者》《致小朋友》，还有已在前面考察过的《尹光浩》也都是这一时段公开发表的作品。

在《少年的悲哀》中，春园通过少年主人公"文浩"表达了反抗传统旧习、父母之命媒妁之言的自由婚恋思想，与之前的短篇小说《无情》里成为包办婚姻受害者无力反抗直至选择自尽的女主人公形成鲜明的对比。"文浩"发现堂妹"兰秀"有诗人的潜质，认为应该继续深造学习，发扬其潜在的才智。然而，其叔父以"兰秀"是女孩为由，不肯让她继续学习，还为了"门当户对"强行要把女儿嫁给一个两班出身的白痴。"文浩"与叔父正面对峙讲道理，谴责其为了面子而牺牲"兰秀"一生的行径。然而，他拗不过叔父的固执，自知说服无望之后，建议"兰秀"逃离专制的家庭，远走高飞，寻求自主发展。可是，软弱的"兰秀"并没有呼应堂兄的建议，使得"文浩"的启蒙努力化为泡影，致使没有同志呼应的先觉者"文浩"陷入无尽的悲哀和孤独。这不免让人联想到春园曾主张的"子女是独立的个体，是为了子女自己而出生，不是为了父辈来到了这个世界"[①]的观点。由此可见，作者春园并没有止步于个人意识的觉醒，还为了在文学作品中形象化地表现近代自我意识而做出了新的尝试。

如果说《少年的悲哀》通过"文浩"这个少年形象，表现了反抗近代习俗，鼓吹了自我意识，那么《致少年朋友》则不仅通过主人公"任宝衡"表现了近代的自我意识，还表现了主人公民族意识的觉醒。这部作品采用了书信的形式，全篇由四封信组成。东京留学时渴望爱情的主人公，对曾感觉同性爱的同学的妹妹产生了爱慕之心。毕业别离后，主人公在异国上海患病期间巧遇爱慕的那个女生并得到她的悉心护理，痊愈之后却因女生不辞而别失去了重逢的机会。无巧不成书，作品的末尾俩人又偶然巧遇在开往符拉迪沃斯托克的商船上，并同乘一辆列车驶往西伯利亚。值得注意的是，该作品兼顾了近代自我意识和民族意识的宣扬。作品主人公一心试图通过自己如晨露般的人生"给民族同胞带来善的传播"，使他们能够主宰自己的生活，从而"决心去从事同族的教化"事业，并想通过这样的事业，欲使自己也能够得到"新的希望和精力"。作品中屡次出现春园作品特有的演说场面，其号召的内容就是关于旧式封建婚姻制度、早婚的恶习，以及民族恶劣精神状态的批判。

  大体上不会有像我国一样枯燥无味的社会了吧？还有哪种人会比我们品行更卑劣，情感更丑恶的吧？这都是因为我们不良的教育、不完善的社会制度等多种原因导致，其中最重要的原因是恐怕就是绝缘了男女关系吧。令人深思啊。就连一个家庭内部，也不许男女间亲密的交往……。
  我还不懂什么是男女，什么是婚姻之前，是父母做主定下了契约（婚约）并得到了社会的承认，这个结婚行为里没有一分是我的自由意志。（中略）主张被践踏的部分人权，要求恢复被掠夺的快乐，应该是我们堂堂做人的

[①] 《子女中心论》，《李光洙全集》10，第34页。

权力。[1]

上述两篇作品的共同点，是都深刻反映了作者自身的生活体验。作者体验的真实性成就了文学的现实性，其作品蕴含了近代的自我意识和民族意识的宣传，这是春园创作的另一个特征。另外，《致小朋友》涉及新一代的恋爱问题，从这个意义上可以说又是长篇小说《无情》的前奏曲。就这样一点一点逐步形成完整的面貌过程当中，春园将所有成型的思想最终融进了一部作品之中。那些习作练笔期间的短篇小说里的特征，经过复合成型，完整全面地融进了一部作品里，其成果就是1917年的长篇小说《无情》。

《无情》在以作者个人体验为基础、呼吁近代的自我意识和民族意识的觉醒等方面，可以看作是属于当时春园人生观和民族观在文艺创作中的形象化。《无情》之所以被评价为韩国文学史上第一部近代意义上的长篇小说，其原因在于广泛使用了现实题材、人物性格刻画和心理描写的试验等方面，但也不能忽视其对近代自我意识的形象化。换句话说，作品中蕴含着的近代自我意识和民族意识，也是给这部作品增色的重要因素。

春园在《无情》中试图通过新的恋爱问题、新的结婚问题等，描绘处于黎明期的朝鲜年轻知识分子男女的理想和苦恼。[2] 他在之前的短篇小说中，对这些领域已经有了些许涉足，未完稿的短篇小说《无情》到《少年的悲哀》《致小朋友》中，我们可以看见春园试图从单纯的对婚姻旧习俗的反抗，逐渐走向树立近代自我意识的过程。在长篇小说《无情》中，这一点更加自然和形象地显现，主人公"李亨植"想从未婚妻"金善馨"那里得到"爱情告白"的情节、"炳旭"引导"英彩"去寻找自己人生的情节，都是其典型的场景。

主人公"李亨植"是东京留学生，是首尔大富翁金长老的订婚女婿。"亨植"在得知朋友"炳旭"没有爱情基础的不幸婚姻后，就想知道自己的未婚妻"善馨"是否真心爱自己。为了解除对自己的"这份婚约是否基于爱情"

---

[1] 《致小朋友们》，《李光洙全集》8，第74–78页。
[2] 《多难的半生途程》，《李光洙全集》8，第451–452页；《说"无情"等全作品》，《李光洙全集》10，第521页。

存有的疑虑,他就要当面了解"善馨"的意思。"亨植"觉得如果"善馨"内心并不爱自己,只是因为难违父母之命才应了这份婚约,那就是用别人的牺牲来换取自己的幸福,属于非人道的行为。主人公不愧是东京留日归国的新知识分子,是近代自我意识的先觉者,劈头就问"善馨,你爱我吗?"。然而,"善馨"还是一介并不明白"自己是否有做主那些事儿的权利"的小女子,但高度觉醒的留学知识分子"李亨植",觉得即便是通过这样尴尬的交流,也要避免坠入封建式的婚姻关系。但实际上,"亨植"也只停留在这一问,后续发展过程中并没有做出真正能够唤发"善馨"近代自我的任何有效举措。主人公"李亨植"对富裕、漂亮、能够给他带来留美机会的未婚妻患得患失的心理表现,也符合常人的心理。如果唤醒了未婚妻,主人公有可能失去这份能给他带来丰厚的物质利益和现实回报的机遇,所以用一两句模棱两可的对话,自欺欺人地安抚自己与对方有了真正的爱心确认,而不真正去做唤醒未婚妻自主意识的任何事情,从而主人公可以既不失去爱情,又立了自主恋爱的名分。作品的这部分情节,符合人类普遍心理,体现了一般人性真实的一面。与主人公这样矛盾的心理和行为相反,同一作品里的女性人物,另一位先知先觉者"炳旭"对"英彩"的启蒙教育,却是有声有色,既坚决又彻底。

"英彩"是因父亲的一句玩笑话,以为必须和"李亨植"过一辈子,才活到了现在。"英彩"被恶霸校主性侵后,觉得失身的自己没有颜面活着面对未来的丈夫"亨植",就坐火车打算去平壤自杀,恰巧遇上了回家度假的东京留学生"炳旭"。以先觉者形象出现的女留学生"炳旭"在了解"英彩"的原委之后,一语道破其中的缘由,说"三从之道"威逼千万女性和千万男性或死亡或陷入不幸之中,导致他们根本不知道什么是"真正的生活"。不止于此,"炳旭"还开导"英彩"不要被封建腐朽的思想所左右,而是要去寻找以自己为主体的人生。

女人也是人啊。既然是人,就会有很多做人的道理吧。(略)但是,自古以来在我国,女人只有一个天职,就是做男人的妻子。做男人的妻子,也要服从别人的意思,听从别人的安排。女人一直就是男人的一个附属品,一个占有物而已。我们也应该成为真正的人，不仅要做女人，还要先做一个真正的人。①

揭露不仅仅让万千女人，甚至导致很多男人也陷入不幸的真相，摆脱"错误的腐朽思想的束缚""要做女人，首先要做真正的人"，这不是单纯意义上的女权伸张，而是"要去拥有运用自己理性的勇气"的近代自我意识的体现。通过"炳旭"的一场近乎演说的独白，婚姻大事的意义也没有局限在个人的人生大事层面，而是与确立人类自主性的普遍性问题结合起来。

作品中的女性人物主张摆脱旧思想或旧习惯束缚的启蒙呼吁，在《开拓者》中也有所体现。《开拓者》的主人公是不顾家庭生活和耗费家产，试图带头引进新科技的"务实"精英"金成栽"。但是，这位近代知识分子精英在妹妹"成顺"的婚姻问题上，却扮演了旧式家长制度的代表人物。他和母亲一起强迫"成顺"顺从没有爱情的婚姻，并把她当作自己家庭报恩的"礼物"赠送给别人。"成顺"强烈的反抗，得到了一直默默爱着她的"成栽"的朋友"闵恩植"的支持。在"闵恩植"的启发下，"成顺"领悟到自己不应该是任凭母亲和哥哥左右的所有物，而应该是独立自主的"成顺"。随即，"成顺"下定决心不再做母亲、兄长任意左右的所有物，去寻找属于自己的自主的生活。

为了自己，也可以牺牲父母和家庭。所谓的为了自己，就是为了自己代表的新世代，将来拥有漫长历程的新世代和无限繁荣昌盛的子孙，应该是比父母重要的存在。不，比过去的所有的合在一切还重要。把子女视为父母所有物的道德，绝非新世代所应接受。正如闵（恩植）所言，我们要建立以子女为中心、以未来为中心的新时代，以替代父母为中心、以过去为中心的旧时代。②

呼吁告别旧时代，寻找独立自主的新时代女性之路的代表形象跃然纸

---

① 《无情》，《李光洙全集》1，第156–157页。
② 《开拓者》，《李光洙全集》1，第261页。

上。这些内容都是之前春园在评论文章中提出过的主张,现在通过春园的文学作品实现了形象化的再现。从整体来看,《开拓者》是作家在各种创作意图中成功描绘"对因袭的个性反抗与解放"①的代表作品。而且,这篇作品的内容并不属于春园自身的体验,而是根据"一进会"的某头目"只要学习化学,在世界任何一个地方都有汽车、轮船坐,还能受到上等接待"②的话,而设定了作品的主人公。所以,人物与故事情节都难免在多方面显得有些抽象,这也导致作者的民族意识融入的空间缩小,从而春园的民族思想或者自我意识的体现也随之受限制,且并没有呈现具体的情形。

在《无情》中活跃的先觉者主人公"李亨植"及其周围人物,都是东京留学归国的精英。他们开拓新时代的具体面貌都与"为民族"相关联,其实质就是民族意识的体现。长篇小说《无情》中,民族意识表现最强烈的情节是小说结尾部分。那个场面从"三角恋爱"的当事人,即"亨植""善馨""英彩"三人在火车上偶然的相遇开始。即将发生的三人暧昧的"三角关系",作者将如何解决这一矛盾呢?对此,当时同辈作家及研究者金东仁有如下著名的评价。

这个民族爱,是作者经常使用的武器。大多数情况下都是刻意勉强塞进作品里,总给人一种与作品内容格格不入的奇怪感觉。但是,在这篇作品的这个场面,如果不用这个(民族爱——作者注),简直就没法让他们和睦相处,谈笑风生。所以,在春园整个作品世界里,这是唯一的一次"恰如其分的插入"③。

作品中,三个人因婚姻而发生的尴尬的处境,插入"民族问题"这一因素后,即刻就迎刃而解。在春园看来,不仅是个人利益,个人所有的一切,无论是遭遇的不幸、怨恨,甚至婚姻爱情,只要面临"民族问题",都要退避三

---

① 《多难的半生途程》,《李光洙全集》8,第453页。
② 同上书,第451页。
③ 金东仁,《朝鲜近代小说考》,金治弘编著,《金东仁评论全集》,三英社,1984,第105页。

舍。所以，作品中就运用"民族"这个无所不能的"尚方宝剑"，春园很自然地解决了三人偶遇造成的尴尬局面。

英彩，……请原谅我！……千万要好好学习，干出一番大事业。……善馨……一边拉着英彩的手，一边在心里念叨"姐姐，是我的错"。

英彩也握着善馨的手，禁不住泪如雨下。亨植哭了，炳旭也哭了，最后大家都哭了。[1]

痛哭流涕之后，看着眼前朝鲜民族的生活惨状，他们开始思考"怎样才能拯救他们"的问题，也终于找到了解决的途径。那就是留学之路，留学的目的是回国后"通过教育、通过务实"来教导民族成员的觉醒，这与春园在作品最后安排包括自己在内几个人留学后的归宿，也相互吻合。

回顾春园投身民族运动时那"悲壮"的出发，以及接下来的日本留学，可以看出《无情》最后的场面，与春园的个人传记体验有着密切的关系。从这个意义上，《无情》是春园通过自觉、自主地选择参与民族运动实践的，即第二次步入现实社会的宣言书，也是通过有关新文明的教育，试图为国家和民族确立新价值观理想的呼吁书。

长篇小说《无情》引发轰动之后，春园基于自己的亲身体验再次创作了融入民族意识的作品，即长篇小说《泥土》。春园在《泥土》中，处理个人问题和民族问题的关系方面，做到了刻画"为了民族理想，不惧自我牺牲以克服命运"[2]的主人公"许崇"。该作品体现的民族意识，具体表现在作者个人对民族现实的认知。此外，在《嘉实》《先导者》《宏伟的死亡》《殉教者》《金十字架》等作品中，也可以看到近代的民族意识和自我意识有一定程度的体现。这些作品主要刻画了"为了民族和同胞，在忘我的奋斗途中，牺牲或者

---

[1] 《无情》，《李光洙全集》1，第208页。
[2] 李柱衡，《〈泥土〉的时代认识与美意识》，《崔南善和李光洙的文学》，新文社，1981，第74页。

经受苦难的先觉者"[①]形象,因此可以推断,这些作品中相对民族意识,掺杂了相当一部分作者当时心境的吐露或者作者自我"辩解"的成分。

在以上分析的作品中,春园刻画了洋溢着近代自我意识和民族意识的诸多精英人物,通过他们传达了自己的意志。不仅如此,我们还可以窥见他似乎不是很满足于通过那些人物的言行表达自己的意志,从而呈现了频繁介入作品中直呼其声的面貌。因此,可以推断春园的作品不仅是"热情"的文学,而且还是"注入"式的文学。作者的那些刻意"注入",采取了当时启蒙时期常见的演讲或说教的形式。关于这一点,只要联系春园长期活跃在民族运动的领导阶层等经历考察,就能便于理解其乐于采用这种形式的主要理由。

鲁迅的近代自我意识和民族意识形象化的作品,则与春园的相关作品形成鲜明的对照。鲁迅的所有作品中,我们很难寻见在春园作品中频现的精英或领导型先知先觉者,反而可以邂逅大量启蒙对象人物,即愚昧的庸众人物。这一点如果联系对"指导者"或"英雄人物"等所谓的"权威"始终保持警惕的鲁迅的经历,就不难去理解和解释这样的创作特征。

鲁迅投向旧社会的第一个文学挑战书是《狂人日记》。在这篇宣告中国现代文学起步的作品中,他通过寓意先觉者的"狂人"形象,揭示了封建家长制度和封建礼教"吃人"的罪恶,同时传达了向往人类美好生活的强烈愿望。具体而言,鲁迅揭露和批判了中国四千多年历史中形成的"吃人"传统,宣扬了挣脱那些枷锁的近代式"自我意识"。

《狂人日记》除文言文形式的序言外,另分十三章而成。《狂人日记》虽然属于白话小说,但其序文性质的第一部分,却是用文言文撰写。鲁迅在作品集《呐喊》的自序中,表白自己之所以步入文艺创作,完全是为了应付朋友之托。但是,考虑到他从少年时期就形成的坚韧不拔和刚强的性格,以及此时他已过不惑之年的年龄,可以判断他完全不会轻易听从任何人的命令或者摆布。在他与朋友钱玄同探讨关于"铁屋子"的对话中,鲁迅表示:"希望是在

[①] 三枝寿胜著(沈元燮译),《〈再生〉的意图是什么》,《三枝寿胜教授的韩国文学研究》,BETEL BOOK,2000,第155页。

于将来,决不能以我只必无的证明,来折服了他之所谓可有。"①显然,鲁迅当时并不是完全认同朋友的主张,因此他的创作也不完全如自己所说是"应了朋友之托"。

但或者也还未能忘怀于当日自己的寂寞的悲哀罢,所以有时候仍不免呐喊几声,聊以慰藉那在寂寞里奔驰的猛士,使他不惮于前驱。②

从这些方面来看,这篇作品既有先觉者鲁迅对自己"寂寞的悲哀"的回味的成分,也是对先觉者同僚正在经受的"寂寞"表露的同情的性质。这一点更加清晰地证明了鲁迅当初选择文艺的初衷,的确是为了靠文艺来践行国民性思想改造的自主选择,创作本身成了鲁迅那种"自我意识"的实践。鲁迅的文艺作品或杂文中出现的强烈的个性主体意识,在他经常使用的"我以为""我想"和"在我看来"等用语中可见一斑,这一点在20世纪30年代已有研究者发现和指出。③

"狂人"重新感知到了周围的生活环境,月光似乎也是时隔0多年后第一次看见,精神状态也感到了前所未有的舒爽畅快。

今天晚上,很好的月光。

我不见他,已有三十多年;今天见了,精神分外爽快。才知道以前的三十多年,全是发昏;然而须十分小心。不然,那赵家的狗,何以看我两眼呢?

我怕得有理。④

这是《狂人日记》的第一章全文。这一部分体现了"狂人"终于摆脱

---

① 《呐喊·自序》,《鲁迅全集》1,第419页。
② 《呐喊·自序》,《鲁迅全集》1,第419页。
③ 唐弢,《一个应该大写的文学主体——鲁迅》,汪晖,前列书,第16页,《原版序》。
④ 《狂人日记》,《鲁迅全集》1,第422页。

"发昏"的日子,即摆脱了丧失自主性的生活。从而"狂人"一方面感到精神上的解脱感;另一方面,则作为"先觉者"对已经被这个世界敌视为"异端"的自己的未来,感到了茫然恐惧。[1]也就是说,先知先觉者终于摆脱庸众,发现新的希望的喜悦与对寻找崭新的自主生活之艰难环境的恐惧交织在一起。

在第二章,"狂人"踹了一脚"古久先生的陈年流水簿子"等从很久以前流传下来的东西,展现出了其"抗拒者的面貌"。然而,伴随而来的是周围人都"睁着怪眼睛",表示第一章曾有的恐惧已经具体化。

在第三章,"狂人"终于发现了那些周围人的内心所思及其根源。

> 凡事总须研究,才会明白。古来时常吃人,我也还记得,可是不甚清楚。我翻开历史一查,这历史没有年代,歪歪斜斜的每页上都写着"仁义道德"几个字。我横竖睡不着,仔细看了半夜,才从字缝里看出字来,满本都写着两个字是"吃人"![2]

这里所说的"吃人",虽然不无指作品前半部中实际吃人的现象之意,但其核心意义应该看作是"抹杀自主意识和自由精神"的象征。而且"狂人"践踏的账本是"古久先生"的,顾名思义,它象征着"古老而久远"的传统之消极因素。作者的感情或思想不是通过直白露骨的形式,而是采用寄寓在某种物象的象征手法,含蓄地暗示作者试图传达的信息,是鲁迅在创作中的一个特色。这种象征手法曾在《药》和《长明灯》中也得以成功运用,这是对认识"象征主义和现实主义的和谐"[3]功效在创作上的体现。

识破"吃人"历史全貌的"狂人",试图去唤醒依旧被"传统"所束缚,不问是非曲直,坚持"只要从来如此,便是宝贝",[4]而安于现状得过且过的那些"庸众"。小说的这段情节,与鲁迅要唤醒被关在"铁屋子"里人们

---

[1] 汪晖,同上书,第226页。
[2] 《狂人日记》,《鲁迅全集》1,第424–425页。
[3] 《〈黯淡的烟雾里〉译者附记》,《鲁迅全集》10,第185页。
[4] 《随感录·三十九》,《鲁迅全集》1,第318页。

的主张有着直接的关联。悲哀的是"狂人"的启蒙尝试如同面对着"无物之阵",不仅面临难以找到实体对象的窘境,且最终发现连自己也无法超然于"吃人"的事实。在那巨大"无物之阵"之中,任何人都无法摆脱"吃人又被人吃"的现实。所以"狂人"把希望寄托在孩子身上,实际上传达了作家鲁迅本人强烈呼吁挽救后一代不要去重蹈如自己的生活的信息。

《狂人日记》中塑造的"狂人"的类似形象,在《长明灯》中再次出现,使得这两篇作品有许多相似之处,如主人公都是非正常的"狂人"、与众人形成敌对关系、凡事与大家反其道而行、赋予皇历、祠堂供奉的神明和长明灯的象征意义等。但是,《长明灯》里关于"疯子"的直接描写显得很节制,大多是通过周围人的言语间接地展现了"疯子"的具体面貌。这个"疯子"与自己生活的吉光屯里的其他人不同,从来不向自古以来供奉在祠堂的菩萨磕头,而且还企图熄灭古代梁武帝(中国南朝时代,南朝梁的创建者——作者注)时期点燃至今的祠堂"长明灯"。"长明灯"与《狂人日记》中的"古久先生的陈年流水簿子"有着相似的象征意义。因此,村子里的权威人士开始商议对策,提议几个人同时猛扑上去把"疯子"打死,这其实无非也是"吃人"的另一种手段。最后,大家将这个不仅不遵守所有人都遵从的"旧习",而且还想企图"打破旧习"的"先觉者"监禁在祠堂内"决计挖不开"的闲房子里。"先觉者"被诬陷为"异端",最终没能逃脱"压迫"和"扼杀"的悲惨命运。

《狂人日记》和《长明灯》都是通过刻画"狂人"或者"疯子"形象,传达了鲁迅思想的作品。作品通过精神状态不正常的人物疯癫的言语、扭曲的心理等象征物象,迂回地揭露了压迫、扼杀人类自主性的"传统"之罪恶的同时,呼吁了近代式"自我意识"的觉醒。利用刻画非正常人物的手法,揭露变态的国民性、变态的社会现象,有其特别的意义。根据鲁迅这种逆向达意的创作意图,民族意识虽然只是停留在暗示的层面,但是,只有一个个民族成员都能在精神层面上获得自主、自由,才能实现全体民族理想人生的鲁迅的初衷,依然清晰地跃然纸上。

这两篇作品中,由象征性语言构成的直白式呼吁,在前一篇里强度略微高一些，后一篇作品中则相对弱化了许多，即后者比前者更含蓄、更具暗示性。《狂人日记》和《长明灯》的创作存在先后八年的时差，因此，这可以看作是鲁迅创作逐渐走向成熟的一个标志。对于自己的第一篇白话文小说《狂人日记》，鲁迅本人也曾表示从艺术层面上有不少不成熟和不足的部分。[①]另外，鲁迅曾与"疯子"有过相处的事实，[②]意味着这两篇作品与鲁迅传记体验不无关系。换言之，因为有了亲身体验的基础，在对"狂人、疯子"进行肖像和心理描写的，才能达到如此逼真的效果。因此，这两篇作品是鲁迅以体验"事实性"为基础，保障文学"真实性"之文学观的具体实践之一。

在鲁迅的创作中，以人物的直白言行表达自我意识或民族意识的情形并不多见。上述两篇作品都是以象征手法，通过刻画思维不正常的"狂人（疯子）"形象，迂回地传了作者关于近代式自我意识和民族意识的主张。鲁迅众多的作品对国民的劣根性持有批判的态度，但在具体做法上都是通过作品中的人物，形象地揭露和控诉了已经暴露无遗、遗患无穷的国民劣根性，并暗示只有铲除这些劣根性，才能达到理想国民性的境界。

（二）民族性改造的文学实践

春园和鲁迅在各自的作品中呼吁的自我意识和民族意识，前提是他们所属的各自民族正缺位这两个近代意识的判断。通过分析他们的论述和文学观我们得知，他们以改造各自民族落后的、阻碍确立近代自我意识的精神状态为从事文学的乃至人生的目标。本研究拟通过分析春园的长篇小说《无情》《泥土》以及鲁迅的《狂人日记》《长明灯》和《阿Q正传》等作品，考察二人如何将各自的主张在作品中予以形象化。如前文所述，春园主要通过主人公直白的言行表达自己的思想主张，而鲁迅与之相反，大多停留在揭露阴暗面的暗示层面上。这样的特征，在他们改造自我民族精神状态的文学实践当中，同样体现得淋漓尽致。

前文已经有过考察，春园在长篇小说《无情》中表露了塑造新国民，建

[①] 参阅《我怎么做起小说来》，《鲁迅全集》4，第512页；《对于〈新潮〉一部分的意见》，《鲁迅全集》7，第226页。

[②] 周作人，《呐喊衍义·狂人是谁》，《鲁迅小说里的人物》，河北教育出版社，2002，第15页。

设新国家的口号，其形式是通过精英型主人公向民众宣传和注入近代自我意识和民族意识。之所以那些只停留于口号的形式，是因为作品中这些主张并没有呈现出相应的具体实践。作品结尾部分附加的后话，同样也显得极其抽象。所以，这篇作品的民族改造之文学实践的意义，可以说只是在末尾的人物对话中略有体现。

要给予他们力量，要给予他们知识，要帮助他们建立生活的根基。

"科学，科学！"回到旅馆坐下，亨植独自大声喊道。三个姑娘无言地望着他。

"朝鲜人首先要给予他们科学，要给予知识。"说完，他紧握拳头从座位上站了起来，在房中踱了起来。（中略）

"当然，是因为没有文明吧，没有生活能力了吧。"

"那他们该……不是他们，应该说是我们……我们应该怎么去拯救呢"亨植看着炳旭说。英彩和善馨来回看着亨植和炳旭两个人。

炳旭似乎很有信心地说道："要给予他们力量！要给予他们文明！"

"那该怎么做？"

"教导他们！引导他们！"

"怎样做？"

"通过教育，通过实践。"[①]

主人公要以教育和实践为手段，试图给自己的民族以开启新生活的能力。这段对话与主人公的教师身份极度吻合，也与曾"作为教师迈出民族运动实践第一步"[②]的作者经历很吻合。《无情》中初具雏形的"教师的典范"和"教育者的言行"，在民族改造思想的其他文学实践当中也频繁出现，究其起点就在这篇《无情》。前文已经阐释了这一阶段正值春园第二次留学期，他在

---

① 《无情》，《李光洙全集》1，第205页。

② 《我的告白·民族运动的第一实践》，《李光洙全集》7，第229页。

选择民族运动中体现了更加成熟和自主的姿态。12岁时就已经对自己民族的愚昧和羸弱而悲愤不已；自称为了培养民族实力"现今我也启程去求学"；曾跻身于"宣扬民族意识的爱国主义教育"[①]的现场，这都是春园亲身经历过的事实。他还较早认识到教育的重要性，强调无论哪个民族，如果缺少了教育，那么这个民族不仅会成为世界上最受蔑视的屠弱的民族，甚至可能会灭亡，从而主张在朝鲜各地建立普通学校。[②]《无情》中反映的众多作者个人传记体验，再次证明了这篇作品的确带有春园第二次步入社会的宣言性质。

尽管如此，《无情》依然是春园尚未确定具体方案时期的作品。换言之，这个阶段春园还没有选择回国开展民族事业，即这是他选择依靠组织由精英人物构成的团体实施民族改造运动之前的作品。从这个意义上，1932年4月12日直至1933年7月10日，春园在《东亚日报》上连载的《泥土》则展现了更加具体的一面。

长篇小说《泥土》的主人公是当地富翁的家庭教师，主人公通过与自己执教的富家女孩结婚而实现身份的上升，从而步入社会上流阶层这一点来看，这部作品与《无情》的主人公有很相似的起点。春园鼓吹民族意识或民族改造思想作品中频现这样雷同的主人公，与其长期活跃于民族运动实践的领导者阶层，隶属精英知识阶层的作者本人经历有着密切的关系，因为这一类人才是他最熟悉的阶层。同时，这些主人公身上，无一例外地投映了过多的作者自己的真实影子，这又与春园超强的"自恋癖"不无关系。他在刻画的主人公身上结合了很多自身经历，因此，《无情》中演绎过的说教性的演说、教师爷般的言行，在《泥土》里得以再次上演。

《泥土》与春园曾发表过的《农村启发》有着极其密切的联系，可以说那篇文章的核心思想和主张，全部在作品中得到了相应的形象化。《农村启发》从1916年11月26日至1917年2月18日在《每日申报》上连载，论文由12个章节构成，为了引发读者兴趣和便于理解采用了小说的形式。主人公"金一"

---

① 《我的告白·民族运动的第一实践》，《李光洙全集》7，第229–231页。
② 《农村启发》，《李光洙全集》10，第88页。

是一名先知先觉的知识分子，东京留学后回到家乡，投身改变家乡人的精神状态和家乡面貌的具体实践中。

金一君多年在东京留学，研究法律。回国后，在某地方裁判所出任法官，在当地小有名望。他顿悟朝鲜文明的根本在于农村的开发，便断然辞职回归了故乡。他首先访问了村里的父老，劝导他们改良生活方法和产业……[①]

这是《农村启发》的主人公"金一"的简介部分，乍一看也会发现与《泥土》的主人公"许崇"非常相像：在首尔读完大学后赴东京，通过高等文官考试后，放弃裁判所的律师工作，回到期待已久的故乡急水滩。这些都与"献出自己的一辈子帮助急水滩百余户，五百名同胞"的《泥土》的主人公"许崇"的经历极其吻合。相似之处并不止于此，《泥土》中"许崇"回到故乡急水滩后开展的工作，也与《农村启发》里"金一"的实践别无二致，可以说几近相同。

"金一"回到故乡后，首先做的是动员起年轻人，设立社区公所，建立例会制度。以此为基础，开展动员村民清洁庭院和室内、保持食物和饮用水卫生、夏季采取根除蚊子和苍蝇的方法、种植树木、创办学校、对孩子实施新教育、本着积少成多的原则开展储蓄活动等具体工作。下面就来看一看《泥土》中的"许崇"在故乡为农民具体做了哪些工作。

深入到农民当中去吧。没有钱，就那样去投入自己身心吧。到那里吃最贫穷的农民吃的东西，穿最贫穷的农民穿的衣物，还有住最贫穷的农民住的居所，为最贫穷的农民做点事儿吧。给他们代写书信，代他们到驻在所、村公所办事，同时教他们识字，为他们组织消费合作社，清扫茅厕和灶房，就这样贡献我的一生吧。[②]

[①] 同上文，第66页。
[②] 《泥土》，《李光洙全集》3，第30页。

"许崇"按照这样的计划,高呼"改造自己开始",连夜启程回故乡。他平日里下定的决心和深思熟虑的构想,在故乡急水滩得以实现可视性的具体化。这些具体化从解决农民和地主之间的冲突开始,且看他整理好的具体计划。

第一,前往邑镇,请来医生。第二,想办法给没有口粮的人解决粮食。第三,消灭苍蝇、蚊子和蟑螂。还有第四点,被抓去的人,包括韩甲,想办法把八个人放出来。[1]

从以上内容可以确认,春园于1916年的小说体论述文《农村启发》中的部分内容和主题思想,几乎毫无删减地再现在《泥土》中。另外,我们在《泥土》中,还可以发现超越该论文的一些内容。

春园在创作《泥土》时,已经对岛山安昌浩的兴士团理念形成深刻的共感,并成了该理念的国内实践团体——修养同友会的实际负责人。如果说春园在之前的作品中形象地表现了民族改造论的"务实力行"和"实力论"思想,并以此当作了自己作为国内民族运动负责人的理论指南,那么在《泥土》中一并表达的还有"排除政治化"的民族改造思想。

农民开办夜校,创建合作社,是纯粹的文化,经济活动,请相信里面并不包含任何政治意图。再说,乡下农民,不会有什么政治上的企图。农民在文化和经济上追求更好的生活算有罪,那农民就只有选择反抗的路了。[2]

警署署长怀疑"许崇"在合作社里的演说是在鼓动对总督统治的反抗,上述引用是"许崇"对署长的一番解释。主人公的这个解释,很难看作真的就

---

[1] 同上文,第82页。
[2] 同上文,第261页。

是"消除政治化",反倒给人一种为了躲避正面审查而采取的"偷运的包装"的印象。

春园文章中多次提到,很多作品以自己的亲身体验为蓝本创作而成,《泥土》也不例外。主人公"许崇"开办夜校、创建农村合作社等行为,都是作者在五山中学任教期间实际从事过的事情。《我的告白》里记录了春园在五山中学任教时期,在校主家乡的合作社承担夜校教学事务的经历,还有在叫"龙洞"的村里参加日常事务处理的事实。他所从事过的事务,无非就是宣传男女平等、一点一滴做起储蓄活动、村庄和房屋的清扫、改善水井和周边卫生等与改良生活相关的事务。由此可以推论,春园于1916年发表的《农村启发》的思想源泉,可能就是东京留学回国后第一次任教的五山中学。另外,在创作《泥土》的时候正值春园任《东亚日报》编辑局长的这一传记事实也不可忽略。1931年起,《东亚日报》主导了"教不识字的人识字,教缺乏卫生知识的人以卫生知识"为核心内容的第一次夏季V-narod运动(俄语,指运动——作者注)。时任该报社编辑局长的春园,天经地义要积极配合这场旨在农村启蒙的全民运动。由此可以推论,《泥土》是春园作为实际负责人,主导同友会"务实力行"和"实力论"的第一次文学实践。[1]要而言之,《泥土》是春园在五山中学身体力行当中形成的有关民族问题的思想雏形,经过小说体论文《农村启发》转化为形象化的雏形,接着又与其民族改造思想相结合,随着《东亚日报》农村启蒙运动热潮的兴起诞生在这个世界。[2]

鲁迅在民族改造的文学实践上,与春园则形成很鲜明的对照。虽然在自主选择民族性改造事业这一点上,与春园很类似,但在承载这类思想主张的文学作品中,鲁迅却彻底地掩饰了自己的意图。也就是说,鲁迅的作品形象化程度显然高于春园。揭露和曝光是鲁迅文学作品的根本,因为他笃定"在现在中国这样的社会中,最容易希望出现的,是反叛的小资产阶级的反抗的,或暴露的作品"。[3]他的目的是毫无保留地完全曝光中国国民的劣根性,让国民自觉

---

[1] 金允植,《李光洙及他的时代》2,松,1999,第184页。
[2] 这个观点,受启发于吴养镐的《农民文学论》,莹雪出版社,1989,第39-40页的内容。
[3] 《上海文艺之一瞥》,《鲁迅全集》4,第300页。

地认识到其劣根性的危害，从而自觉自主地去改造、根除那些劣根性。因此，鲁迅在这一参与文学实践中主张民族改造运动的同时，坚决否认自己并非这一运动的领导人物。所以，鲁迅作品中出现的人物都是改造或是启蒙的对象，几乎不存在春园作品中那类的精英型领导人物。下面就以《阿Q正传》为中心，分析鲁迅民族改造相关的文学实践的特征。

鲁迅曾说其创作《阿Q正传》的意图，是"要画出这样沉默的国民的魂灵来"，因为他们已经有四千年"像压在大石底下的草一样"，饱受着压制，"默默地生长，萎黄"，最终枯死。实际上，鲁迅所指"国民的魂灵"就是在专制统治的压迫下被扭曲，失去自主性的国民性，也是国民的魂灵中最卑劣的部分。鲁迅还表示，自己担心的是作品中所刻画的这类人物不仅现在有，过了20或30年之后依然继续存在下去。

《阿Q正传》不仅是鲁迅小说中最长的一部作品，同时作为唯一在刊物上连载的作品，有和其他作品不同的面貌。这篇作品从1921年12月4日至1922年2月12日，在当时北京出版的《晨报副刊》的《开心话》一栏连载。鲁迅接受时任编辑的弟子约稿，每周或者隔周进行连载，也许初衷是写作家自己爱好的"杂文"体裁作品。作者自称，只有第一章序文刊登在原来的《开心话》一栏，从第二章开始转载于《新文艺》一栏。从这一点我们可以推论，作者是从第二章开始才真正关注了形象化的问题。作为一篇文学创作，第一章生硬地插入陈独秀和《新青年》，以及胡适等现实人物和刊物等内容的做法，就是其重要佐证。

《阿Q正传》从序言性质的第一章为开始至第九章，每一章都设置了小标题，能够轻松便利地分辨、整理各章节的内容。

在第一章，鲁迅给无名无姓的主人公附以"阿Q"的称谓，让籍贯不明的"阿Q"安家在眼前跻身过日子的"未庄"。在第二章和第三章，通过几个事例，介绍"阿Q"最有力的武器——"精神胜利法"。在第四章，讲述了"阿Q"求爱失败的悲剧。第五章，描绘了求爱失败而陷入窘境的主人公落魄情形。接下来的第六章，交代了摆脱困苦而前往邑里的主人公，发横财的事情及其不明不白的来源。第七章，描绘了主人公参与革命，试图寻求自主的正当生活，却屡遭众人不信的情形。第八章，描写了主人公被参加革命的既得利益阶层完全排斥出局的情形。第九章，主人公"阿Q"因盗窃而得来的横财，被冤枉地扣上革命派的罪名而处死的过程。

《阿Q正传》的主人公"阿Q"，是鲁迅在人物形象创作中，忠实于自己固有原则的产物。鲁迅曾表示，在自己的作品当中刻画人物形象时一般并不把某一个人设为原型，而是选择合成多个人的特征于一体的办法。[①] 为了把国民性的种种劣根性集中表现于一体而刻画的主人公"阿Q"，就是根据鲁迅特有的"集中合成法"创造出来的典型人物，从这层意义上，指"阿Q"作为中国民族性的一个类型，是中国人的各种品行"写真合成"[②]的判断，有其合理性。如其所指，主人公"阿Q"身上，的确体现了几乎全部鲁迅所批判的十种中国国民的劣根性[③]。所以，当时阅读正在连载中的《阿Q正传》，有读者甚至"……从此疑神疑鬼，凡是《阿Q正传》中所骂的，都以为就是他的阴私"[④]，可见鲁迅刻画人物和创作上的大举成功。

那么，鲁迅通过"阿Q"向我们所呈现的是中国人怎样的劣根性呢？要而言之，就是不能正视现实，试图甘愿在自我错觉中浑浑噩噩度日的"内讧"和"自卑"的奴性思想。

首先，映入读者眼帘的便是逃避现实，只是一味地怀恋"先前阔"的"阿Q"。他没有固定的职业，靠给人家打短工维持生活，甚至连个像样的住处都没有，是个寄住在土谷祠的穷光蛋。但是，他总愿意瞪着眼睛向人们炫耀说："我们先前——比你阔的多啦！你算是什么东西！""阿Q"就在这样的自我安慰中，心满意足地过着穷困潦倒的日子。不仅如此，"阿Q又很自尊"，每当挨了打就会在心里念叨："我总算被儿子打了，现在的世界真不像样……"，然后"心满意足的得胜般"沾沾自喜，甚至有时候被逼着自己叫自

---

① 参阅《我怎么做起小说来》，《鲁迅全集》4，第513页；《〈出关〉的"关"》，《鲁迅全集》6，第519页；《答北斗杂志社问》，《鲁迅全集》4，第364页。
② 仲密（周作人），《〈阿Q正传〉》，《汇编》1，第28–29页。
③ 何鹏，《鲁迅笔下的中国国民性》，《汇编》3，第11–16页。
④ 高一涵，《〈闲话〉》，《现代评论》第四卷 第八十九期，1926。

己是"虫豸",过后还"觉得他是第一个能够自轻自贱的人",除了"自轻自贱"还能落下个"第一个",于是又会变得如得胜者一般得意扬扬。这就是"阿Q"的"精神胜利法",他的精神胜利法背后所隐藏着的就是不敢正视现实的"卑怯",还有其衍生物"奴性"。

但是不知为什么,总是"阿Q"吃亏的时候居多,于是"阿Q"变换了方针。每当遇事时,他就先估量对手,"口讷的他便骂,气力小的他便打",这个方针也有行不通的时候,"阿Q"最终就改成了"怒目而视"。然而,"阿Q"也有瞧不上的人,那就是尼姑。他戏弄尼姑时和平时"受气包"判若两人,他恨不得把自己平时所遭受的耻辱,全都泄愤到尼姑身上。鲁迅于1933年就曾指出:"专制者的反面就是奴才,有权时无所不为,失势时即奴性十足",①外部条件适宜的时候专制者和奴才相互可以转换角色的论点,在"阿Q"身上体现得淋漓尽致。类似的场景还出现在"阿Q"发了横财后,去大肆捉弄曾经胜过自己的"小D"的时候。

然而,这样的劣根性不仅仅只是在"阿Q"身上得以呈现,可怕的是它具有更加广泛的普遍性。平时那么明目张胆地鄙视和欺辱"阿Q"的邻居,当得知"阿Q"发了一笔横财之后,便争先恐后地向他献殷勤;而当他们又得知"阿Q"的横财来路不明,可能与强盗有关时,马上换了一副面孔变得"敬而远之"了,甚至再次回归到了"阿Q"的欺辱者角色。除此之外,作者还通过"阿Q"无情地揭露了笨拙、愚昧无知、贪图小恩小惠、甘做无谓的围观人、不懂生命尊严等劣根性。唯其"阿Q"身上呈现了如此广泛和普遍意义的中国国民劣根性,早在1923年就有人读《阿Q正传》之后感慨万千地指出:"我们不断的在社会的各方面遇见'阿Q相'的人,我们有时自己反省,常常疑惑自己身中也免不了带着一些'阿Q相'的分子。"②

在通过"阿Q"揭露国民本性的过程中,鲁迅也不免"哀其不幸,怒其不争"。"阿Q"不能面对和正视现实,自欺欺人地安慰自己,去营造一个获取

---

① 《谚语》,《鲁迅全集》4,第542页。
② 雁冰(茅盾),《读"呐喊"》,《汇编》1,第35页。

自我安慰的"虚幻的世界",从而堂而皇之地在自认为的太平世界生存,他的这种生活现状就是对当时中国国民性的一个反映。塑造"阿Q"这样滑稽角色的鲁迅,比起憎恶他们,更希望他们能够发愤图强,主动去努力改造自己的生活和精神面貌。在鲁迅那冷峻的反讽中,实际上蕴含着作者"热到发冷的热情,快要破裂的忍从"及"希望他们改善"①的殷切希望。

《阿Q正传》和鲁迅的其他作品一样,也与作者的生活体验有深深的联系。在之前的作品人物刻画中,鲁迅就很喜欢也擅长于把多人的性格特点集中在一个人物的身上体现。②"阿Q"是作者通过综合众多生活体验,创造出来的典型人物。不仅如此,"阿Q"对辛亥革命扭曲的认识,也映射出了鲁迅曾在家乡响应辛亥革命(1911)的实践中得到的教训。从这个意义上,我们可以再次确认作者的丰富和多层面的生命体验,就是成就小说《阿Q正传》的坚实基础。作品中所蕴含着的作者那些主观精神以及生命体验,实际上构成了鲁迅小说"主观真实性"的一个特征。③

二、农民和农村的发现

春园和鲁迅在迈进社会的门槛后,才正式感悟了民族意识并提出各自民族改造相关的思想。他们各自的民族改造论前文已有介绍,实际上当他们面对民族改造实践的时候,他们所面对的改造对象的主体是农民,其生存环境理所当然就是农村。这个判断只要联系韩国和中国当时尚未完全摆脱封建社会,没有步入近代国家行列的事实,就可获得其历史依据。没有步入工业化,仍以传统的农耕生活为主的中韩两个国家,其民族的主体只会是农民,他们赖以生存的环境也只会是农村而不可能是近代化都市。所以,春园和鲁迅都把农民和农村,当作自己文学创作的重要素材。

春园和鲁迅的出生地都不是城市,而是农村。然而,对于非农业户,即

---

① 《什么是"讽刺"》,《鲁迅全集》6,第412页;第329页;《托斯果耶夫斯基》。
② 《什么是"讽刺"》,《鲁迅全集》6,第329页。
③ 参阅钱理群等,《中国现代文学三十年》,北京大学出版社(1998),第41页和第45页。

不以农耕种地为生计的他们来说，农民既是熟悉的对象，同时又是不无隔阂的陌生对象。在民族改造的文学实践阶段，农民和作为他们生存根基的农村，对春园和鲁迅来说并不是"平凡且无意义"的存在，而是新发现的"有意义的"存在。所以，农民在他们的文学作品中成了民族代表，农村则被设定为民族生存的典型环境。

本研究立足于上述观点，将比较考察春园和鲁迅文学世界里以农民形象和农村现实为主的文学作品，即二者的农民小说或者农村小说。本研究将以春园的小说体论说文《农村启发》，以及长篇小说《无情》《泥土》《三峰他们家》和鲁迅的《阿Q正传》《故乡》《离婚》等作品为中心展开。

（一）作为改造对象的农民

农民既是春园和鲁迅所发现的各自民族的主要成员，也是有待改造的对象。春园和鲁迅所提出的各自民族许多有待改造的国民性，前文已作考察。那么，在民族改造的文学实践中，农民又呈现了怎样的形象呢？

首先，我们来考察春园的状况。

《农村启发》虽然是论文，但是却采用了小说的形式。论文讲的是一个叫"金一"的人回到故乡，试图努力提升故乡民众生活水平的故事。虽然故事情节不尽完美，但具有鲜明的主题、人物与故事情节等小说的基本要素，叙事特征较为明显，[①]足可以看作是春园自称的"余技"的代表作品。

春园在作品中指出："民族成员的大多数是农民，农民的愚昧、幼稚就意味着全体朝鲜人愚昧、幼稚；农民的贫穷、卑贱则意味着全体朝鲜人的贫穷、卑贱。"[②]因此，他们的精神和对知识的"暗昧"，已经成了文明之根本的产业和文化发达的障碍。于是，春园通过贫富两个极端的样板，呈现了其具体的状态，并推出主人公"金一"，展开了轰轰烈烈的改造事业。

"金大人"是村里第一大富翁。他为了节省烧柴，减少了家人用的房间数量；只要是两班即使是智力不全也视为比平民身份的圣贤还要高贵；从来不

[①] 吴养镐，前列书，第39页。

[②] 《农村启发》，《李光洙全集》10，第63页。

会施舍朋友和穷人；住着肮脏不堪的屋子；从不认真洗漱；管束家里人都穿着褴褛的衣服过日子。他的儿子从十六七岁起就沉迷酒色，因父亲不愿意花钱消灾，最终犯事遭了牢狱之灾。而且12岁就结婚的孙子烟酒成性，因试图强暴邻居家的女孩遭人痛打，祖父却因此收回了女孩家租种的农田。

那么，穷人是什么样的呢？春园塑造了其典型人物"白吉石"。

虽然5个兄弟都健在，却毫无积蓄，不仅一天天勉强糊口，连自己名下的住房都没有，跟着年长的父母借住在别人家中。已婚的因养不起妻子而下毒手杀掉，其他人也就想都不敢想结婚的事情。离开本不属于自己的农田，去金矿等地打工，也无济于事，依然未能改变穷困潦倒的命运。这完全是一个看不到未来，又无法挣脱眼前黯淡生活的农民形象。

春园曾指出，在这两个典型人物身上存在的缺点适用于当时韩国农村的大多数成员。如果把春园所指的缺点与作品主人公的改造实践联系起来，我们就能看出春园所指农民缺点的具体表现，即没受过教育、没有积蓄、不整洁、没有宗教信仰和服务社会的心等。长篇小说《无情》中的主人公，大声疾呼"通过教育"，绝对不是一个毫无意义的口号。《无情》里的"李亨植"自以为是在朝鲜拥有最先进思想的先驱者，常常念叨着"什么时候教他们达到我的水平"，常常沉浸在先驱者的寂寞和悲哀中，作品的末尾也暗示了他所认知的民族主体就是农民。他们只是依靠着微不足道的农耕经验，过着没有盼头的苦日子的民族典型。

> 他们的确没有什么力量。（中略）仅仅一场夜雨就让他们失去了一切，在那里瑟瑟发抖，乍一看不无可怜，但又不无太过于孱弱和愚昧的一面。从他们的脸上根本看不出什么智慧，显得全都那样地愚蠢和麻木。[1]

小说体论说文《农村启发》里，刻画的农民形象是缺乏道德性的改造对象，而在《无情》中，农民的群体主要是"手无缚鸡之力"的存在。对于以

---

[1] 《无情》，《李光洙全集》1，第204页。

农民为代表的改造对象，春园提出"怎样才能救助他们"的问题，答案就是"教育与实行"。这意味着在正式接受岛山安昌浩的实力养成论（又名"准备论"）之前，春园已经形成类似的思想基础。

下面我们来一观以农村为背景，讲述农民改造情形的作品《泥土》吧。

主人公"许崇"憎恨那些厌恶农耕生活，明明是一副在"自然环境中成长起来的体质，却要选择与之格格不入的城市生活"的农民及其子孙。他批判当时农民的"离农"现象，批判他们随随便便地处置曾为他们提供"吃的、穿的、蔬菜等所有生活必需品"的土地，漫无目的地进入城市生活，最终不要说实现自己所谓的愿望，甚至沦落成无业者、道德堕落者的下场。然而，他惊讶地发现"我也是其中的一员"，换言之，那些他所憎恨的并非全都是农民，其中也有热衷于"新知识"的所谓的知识分子。这样的一个认识，也成为后来"许崇"之所以"从我做起！""到农民中去"等实践的伏笔。于是，他带着一颗为民服务的决心，回到"被忘却数百年了的"农民身边，回到"屡受不公虐待"的农民身边。主人公将自己置于教育对象"农民"之中，从这一点来看，这部作品与之前春园的其他作品呈现出了不一样的改观。这实际上就是对脱离民众，脱离实际的知识分子，以及他们荒诞生活的毫不留情的批判。

随着作品情节的展开，其他作品中曾对农民的"肮脏"，以及随之而起的"多病"等现象的批判，即"作家的介入及过于生硬的批判"[1]而导致的"教师爷式"的说教色彩，得到了明显的节制。所以，对农民的许多落后的面貌，也不再是采用作家一贯的生硬的指责形式，没有了对主人公厌恶诅咒一般的批判。另外，在"许崇"对自己服务计划的实施过程中，对农民不整洁、多病的诸多状况，也采取了较为委婉的描述。

许崇买来臭虫药、蚊帐料子和其他消毒药品，并租用汽车大约半小时后回到了李医生的医院。[2]

---

[1] 邱仁焕，《李光洙小说研究》（补增版），三英社（1996），第62页。

[2] 《泥土》，《李光洙全集》3，第89页。

值得注意的一幕是造成农民多病、早衰、死亡率高等问题的原因，是他们一生挥汗如雨，在给所有人提供粮食、提供文化建设费用的同时，他们自己却没得到相应的回报。作者并没有单纯地埋怨农民的无知和愚昧，也没有站在优越的、高高的施舍者的位置上批判农民，而是呈现站在与农民共同的立场上，娓娓道来其客观原因的一面。

农村人的性格虽然有比我们好的地方，也有不如我们的地方。他们虽然身体底子好，但本就长期受上层阶级的折磨，再加上近年连吃的都没有保障，才变得人情淡漠。知道这种局面是谁造成的吗？（中略）是两班贵族，首尔的贵族、乡村的贵族，是整个朝鲜所有的贵族造成的。[①]

"许崇"将农民生活陷入如此惨状的原因，归咎于那些只崇尚朱子儒学，只顾着提高自己的地位和积蓄个人财产，而全然不顾工商业和农民教育的两班贵族。这不禁让人联想到春园当初抨击传统时候的一些主张。但是，这些被压迫之下生活的农民，却没有因眼前的困境而自暴自弃，反而显露出了孜孜不倦的不懈努力，向往美好生活的一面。

急水滩的人都是好人，都是些自食其力，靠自己的汗水吃饭的人。他们不分白昼地想如何才能多种些粮、如何才能多积肥、如何才能多编更多的草袋卖钱，给小孩买春节新衣裳、家里喂的牛夜里会不会冷、早饭粥里多放点豆子吃得更好一点等等。他们每天想的就是这些事儿。[②]

农民的这样一个状态，与以无业为由而堕落的都市知识分子形成鲜明的对照。由此可见，春园相对自以为是的知识分子，更加看重身上即便是有些

---

① 同上书，第109页。

② 同上书，第171页。

明显缺点的农民，这是贯穿整个作品的主导思想。作品中关于"金甲镇""李健英"，以及后来戏剧性地悔悟自己的过错并加入"许崇"实践事业的刘正根等人物恶行的揭露，实际上也是相对那些知识分子更为看重农民的一种衬托手法。

《泥土》的创作背景，前文已有分析和论述。强调农民相对知识分子的优越，可以理解为知识分子有必要参加"上山下乡（V-NAROD）"运动的另一种形式的强调，也可以看作是当时已经成为修养同友会负责人的春园，对作为民族成员主体的农民"可塑性"的肯定。另外，从知识分子与农民间关系设定的意义上而言，这一定程度上体现了作家认识到的知识分子与民众相结合的必要性。

总之，根据刚刚探讨的《泥土》中的一些情节，将该作品与作家的其他作品混为一谈，视为一个感情冲动的知识分子空洞的呐喊的观点[①]有待探讨。同时，在春园研究实践中回归作品原本，去阐明作品意义的工作显得尤为重要和迫切。该作品应该被评价为，是知识分子在精准自我认识、对农民为代表的整个民族的使命感乃至同类意识觉醒的基础上创作而成的作品。[②]

从1930年11月29日至1931年的4月24日，刊登于《东亚日报》的《群像》三部曲的第三篇《三峰他们家》中，农民的形象刻画得则更加积极和肯定。作家出于描绘自己所了解的"1930年的朝鲜横断面"的动机而创作的《群像》三部曲——《革命家的妻子》《爱的多边形》《三峰他们家》中，《三峰他们家》主要讲述了青年农民"金三峰"一家的悲惨生活。

主人公"金三峰"是负责五口之家的生计，尚且"过于年幼无知"的青年农民。没有属于自己的耕地，他们不得不背井离乡，与家境相似的农民只好奔向西间岛。年少无知的"三峰"品性耿直，"几个月前还依赖父亲生活的习惯"致使他无法坚持己见，因此在出发去西间岛之前经历了一番磨难。觊觎姐姐贞操的"老参事"欺诈行径、在西间岛被卷入抢劫事件，导致"三峰"总共

[①] 金治洙，《农村小说瞥见》，《现代韩国文学的理论》，民音社（1972），第113页。

[②] 参阅：李柱衡，前列书，I-第74页。

被关进监狱两次。在这种情况下，青年农民"三峰"得以迅速成长："第一次入狱后，认识到殖民地统治下生活条件如何；第二次入狱后，体会到了什么是民族意识"①，从而脱胎换骨，脱离了茫然的"少年无知"状态。以报仇杀人为契机，"三峰"走上从事代替流离失所的离乡农民报仇之路，决心杀掉所有伤害过同胞的恶人。在作品中，这位青年农民并没有停步于此，渐渐成长为更加成熟的一个人物。

"超越个人"，躺在床上无法入睡的三峰脑海中，闪电般地出现了这几个字。

"对，超越个人。没错，意思是说应该把同志们聚集起来，组成一个大团体，去解决全民族性的大问题！"

想到这里，三峰猛然坐了起来。②

这一幕表示主人公从此将开始更加自觉、更加有组织地为民族而工作。他已不再是愚昧无知的改造对象，而是渐渐成长为能够解决全民族问题的主体力量之农民。"聚集同志，组成大团体"来解决民族问题的主张，显然体现了修养同友会的负责人春园的思想主张。春园发现的"农民"，是完全可以成为精英阶层同盟者的民族主体。

综上可知，作品中完全肯定了农民是民族成员的主要力量。在刻画农民形象方面，春园的态度呈现了一个渐渐变化的过程。曾经一直被认为是同情和怜悯对象、改造对象的农民，随着对造成悲剧生活的客观原因的查明，逐渐获得了可以与作家共呼吸的人格。于是，在《三峰他们家》里农民终于作为民族改造的主体力量，成了主导民族改造运动的领导层，即精英阶层的同盟者。

农民形象，在鲁迅的小说中也是最常见的一种人物类型。这些农民主人公，大都是封建专制社会制度的牺牲品，这是鲁迅秉持取材于"病态社会中的

---

① 金允植，《李光洙及其时代》2，松，1999，第177页。
② 《三峰他们家》，《李光洙全集》2，第644页。

不幸的人们"的创作原则的一个实践。下面我们来看鲁迅笔下的那些不幸的农民主人公形象。

在前文已经考察过,《阿Q正传》的"阿Q"不仅是典型的农民形象,而且是民族劣根性的典型代表人物。"阿Q"的形象是出于揭露国民劣根性的需要而刻画的人物,因此是对有待改造的国民劣根性的形象化。通过"阿Q"揭露出来的国民劣根性的普遍性,可以从当时《阿Q正传》的读者反映中可见一斑。

"阿Q"不敢正视现实,在"自我欺瞒"中度日,满足于现状的"内讼"和"自卑"的奴隶本性,已在前文见证。然而,投映在农民"阿Q"身上的国民劣根性并不止步于此。"阿Q"连佃户的资格都没有,靠每日打零工维持生计,实际上他连鲁迅所说的"奴隶"资格都没有具备。但是,"阿Q"却是一个满足于那种现状,甚至靠着离谱的"精神胜利法",感受自我优越感的愚昧的农民。他自己遭受羞辱,转而向另外其他的"软柿子"撒气,甚至设想革命胜利后对曾欺压自己的村民实施秋后算账的构想,是前文已经交代过的场景。从中可以看出,鲁迅对"吃人的同时自己也在被吃"的国民劣根性的揭露和批判,是何等的尖锐和毫不留情。

"阿Q"仅仅把革命视为个人复仇手段的认识,也可以看作是作者对当时辛亥革命局限性的一种批评。当时在故乡体验了这场革命的鲁迅,形象地批判这样的革命是"换汤不换药"的权力交替而已,对民众的现实生活的改善毫无意义。

"阿Q"对自己的生命,也表现出了一副漠视和麻木的态度。

阿Q要画圆圈了,那手捏着笔却只是抖。袁辉那人替他将纸铺在地上,阿Q伏下去,使劲了平生的力画圆圈。他生怕被人笑话,立志要画得圆,但这可恶的笔不但很沉重,并且不听话,刚刚一抖一抖的几乎要合缝,却又向外一耸,画成瓜子模样了。(中略)

阿Q正羞愧自己画得不圆,那人却不计较,早已掣了纸笔去,许多人又将他第二次抓进栅栏门。①

被"革命派"排斥的农民"阿Q"莫名其妙地被指控为"革命军",即将被判处死刑。上面引用的段落,是"阿Q"在死刑判决书上签名的场景。他陷于麻木不仁的状态中,连那是什么内容都不想去了解一下,只是专心画圈以代替签名。鲁迅冷静的笔触,不仅揭露了"阿Q"的奴隶本性,还极大化地揭露了对生命不负责任的典型的国人形象。正视和看破并面对这样一种现实的鲁迅,真的只有在"哀其不幸,怒其不争"之余,奋笔疾书,以警后人。

鲁迅的另一部作品《故乡》中的人物"闰土",又是一个怎样的形象呢?

闰土是"我"的发小,曾经亲密无间的小伙伴"闰土"长大后遇见"我"的时候,对"我"的称呼居然变成了"老爷"。此时的"闰土",显然已经被封建社会严密的等级制度所吞没。

非常难。第六个孩子也会帮忙了,却总是吃不够……又不太平……什么地方都要钱,没有规定……收成又坏。种出东西来,挑去卖,总要捐几回钱,折了本;不去卖,又只能烂掉……②

在人的自主性被完全无视与埋没的封建制度下,"闰土"认为眼前的一切是理所当然的事情并安于现状。他除了椅子和桌子,还索要香炉和烛台。那些显然就是用在祭坛上的器皿,不仅用于为家庭而祈祷的祭祀,也要用于供奉保佑太平安稳的上苍或神灵的祭典。显然,这一场景当中我们所见到的"闰土"类农民,都并不是想从自我觉醒中寻找新的生活方向,而是一味地、无知地寄托于传统"迷信"的形象。

不平等社会中处处可见政治压迫、经济剥削和思想控制这三种统治手

---

① 《阿Q正传》,《鲁迅全集》1,第522-523页。
② 《故乡》,《鲁迅全集》1,第483页。

段。①"闰土"正是鲁迅笔下处于封建专制制度统治下的，不平等社会里无知蒙昧的一个典型的农民形象，是过着一种完全丧失自主性，却在麻木不仁的状态中安于奴隶般生活现实的人物典型。

鲁迅刻画的在等级制度下被剥夺自主性，安于奴隶本性的农民形象，在作品《离婚》中也活灵活现地呈现出来。该作品围绕父亲和女儿怒气冲冲地闯亲家，打算大闹一下纳妾后要退婚的女婿，并试图索取一笔丰厚的离婚抚慰金的事情展开。作品中的父亲是个德高望重的人物，而女儿在这样的父亲庇护下准备与前夫及包庇其行为的公公大干一仗。但是，由于与知县有交情的七老爷袒护前夫，不仅原本威风凛凛的父亲不敢争辩，当初不可一世的女儿最终也只好向恨之入骨的公公道谢而落下了这场闹剧的帷幕。

即便是在十里八村地位较高的人，如果遭遇地位比自己更高的人，也只能沦为奴隶的层面。人有高低贵贱之分，地位低下的人侍奉地位高的人，地位高的人侍奉神灵，这种封建等级制度的罪恶，②完整地体现在这次离婚诉讼案中无可奈何妥协的父女身上。鲁迅把中国历史定性为是"想做奴隶而不得的时代；暂时做稳了奴隶的时代"③，认为世界上只有"压迫者和被压迫者"两种人，这部作品堪称是对这一现象的尖锐的揭露和犀利批判之创作。

鲁迅通过封建专制制度多重压迫之下的农民形象，揭露了导致中国人民奴隶劣根性的政治、经济、思想等因素的罪恶。另外，鲁迅还批评了现代发生的多个革命运动。换句话说，不仅批评了所谓的传统因素，对当时缺位根除国民劣根性因素的革命也做了批判。虽然在《阿Q正传》中只针对辛亥革命进行了批判，但还是能感知到鲁迅对不能根除国民的奴隶性、对于创造理想的现实生活毫无意义的种种因素所持有的警惕性。

（二）民族生存的环境——农村

春园的长篇小说《泥土》是民族性改造文学实践的代表作，这一点前文已表明。该作品之所以受到关注，是因为它以农村为背景，以农民的启蒙为主

---

① 王富仁（金贤贞译），《中国的鲁迅研究》，韩国：世宗出版社（1997），第313-314页。
② 《灯下漫谈》，《鲁迅全集》1，第212页。
③ 同上书，第213页。

要内容。

春园个人在民族改造和实践中,最受非难的一点就是缺乏时代意识。换句话说,他无视殖民地统治下的民族现实,只忙于列举自己民族的弱点。但是有充分的理由可以确定对创作《泥土》和《三峰他们家》的春园,并不能仅仅以上述观点加以指责。

《泥土》中"许崇"的农村启蒙事业计划,表面上看似乎的确回避着殖民地统治下的民族现实。但是,仔细精读该作品可以在作品的字里行间,发现作者对殖民地现实的认识和对殖民统治者的仇恨。这些场面如果认为是偶然的情节,那么,其大篇幅的描绘就无法得到充分的理由做解释。这也许就是在殖民统治下现实中,处于矛盾之中的春园心理的一个表现。也就是说,从中我们可以看到春园深陷在日本殖民政府,即总督府审阅制度的困扰、民族和个人二者选一的矛盾等状况中的无奈的心境和彷徨。

"许崇"因为在合作社大会上的演讲,被警察署署长追究责任的场景前文已经有过分析,这里不再赘述。警察署署长认为,"许崇"之所以执着于反对当局正在做的事情,是因为"对总督治理政策不满";"许崇"则反驳如果连这样的事情也要兴师问罪,那么"只能选择反抗之路"。压迫加重必然招致反抗,这一部分的内容酷似春园采用的"走私的包装"方法,显然有种鼓动人们走反抗之路的感觉。这样的场面,在作品中还不止于此。

作品《泥土》中,农民失去了自己的土地和生存根基,他们的自我反省也显得非同寻常。这些人在五六年前大抵上都拥有属于自己名下的农地,虽然他们试图查明"我们为什么失去了耕地、失去了家园、失去了乐趣"的原因,但苦于"他们的头脑里没有能够足以解释这一问题的知识"。但是,他们并不相信其原因在于"并没有犯过比从前更大过错"的他们自己。

曾想过那宽敞的公路、奔驰的汽车、铁路、电线、银行、公司、政府的大楼、无数个穿着西装、享受高薪、养尊处优的人们,跟我会有什么关系。但是，他还是百思不得其解，这一切都和自己这个老家伙会扯上什么关系。①

在公路上行驶的汽车、铁路等都是近代化的标志，这一场景不会是农耕社会的产物，这是不言而喻的事情。因此，可以很容易判断，这不是当时朝鲜民族的自身所有或自主建设的成果。然而，这又分明是村里人不管农忙期还是农闲期，随着"出来干活儿、去背碎石子儿"等吆喝，靠着他们付出的劳动完成的成果。当"许崇"用流畅的日语与之争辩，盛气凌人的巡警态度顿时变得缓和的这一点，可以判断当时环境是日本帝国主义殖民统治下的现实。加上后面出现的有关"拓殖会社"的内容，更见作者不寻常的构思。

现在想置农田，无论多少都可以买到。大家都在传，当初抵押给拓殖会社啦，金融组合啦做担保用的那些地，要拍卖了，所以啊，哪怕剩下几个子儿都说愿意卖掉。一亩地租要价才三四十元。就是这个价卖了，或许自己还能落下十来块钱。算上今年再卖的，估计啊，这个村里就没几个有自己地种的人啦。（中略）别的村啊，大都去了西间岛，可我们急水滩啊，自古以来哪里有过奔他乡谋生的人啊。②

这里所提到的"拓殖会社"是指东洋拓殖会社。该会社于1908年成立，是日本帝国主义垄断、剥削韩国经济的桥头堡。该会社在韩日注册，原是双重国籍的公司，1910年"韩日合并"以后，东洋拓殖会社的性质发生变化，变成日本籍的会社。从1910年到1926年，该会社先后17次将近1万户日本农民引进韩国，导致韩国农民大批离农、离乡的结果。此外，从1910年到1918年实施的土地调查事业，实际上就是为殖民经济奠定基础的政策之一。于是，出现失去土地的大批农民迁徙西间岛的大规模移民现象。③东洋拓殖会社的掠夺和由此引发的农民的悲惨境遇，在玄镇健的小说《故乡》中有描绘。东洋拓殖会社

---

① 《泥土》，《李光洙全集》3，第67页。
② 同上书，第76页。
③ 韩国精神文化研究院，《韩国民族文化大百科词典》第7卷，第299页。

就是对韩国农村实施掠夺的象征。这样看来，在《泥土》中东洋拓殖会社的出现，一旦与前面的场景联系起来，就形成很清晰的内在关联。公路、铁路、电线等其实都是日本帝国主义对韩国进行掠夺的渠道与手段，遭受掠夺后的急水滩农民的生活惨状在作品中也有展现，而造成这些惨状的直接原因就是日本的殖民地统治。

总而言之，《泥土》迂回地展现了广大韩国农民因日本帝国主义殖民地政策的掠夺而失去包括土地在内的一切基本生活根基，即朝鲜民族惨淡的生存环境。这部作品中不仅仅呈现了主人公"许崇"的家乡急水滩农民因公路、铁路、东洋拓殖会社等而逐渐恶化的生存环境，还有韩国民众无法忍受日帝殖民统治和掠夺，扶老携幼，背井离乡，迁徙西间岛的历史事实。由此可见，从描绘当时民族的悲惨恶劣的生存环境这一点来看，《泥土》的文学史价值应该重新定位。从连续呈现出的相关场景来看，如果断定其为偶然，那就不免过于草率和武断。这种相关场面是春园曾要把小说当作"以警务局许可的材料"，披露当时"政治背景下无法与同胞会通心怀的一部分之权宜之计"联系起来，就可以赋予其一定的积极意义。另外，这也是当时残酷的现实中，在民族和个人的选择问题上春园呈现矛盾的内心世界的一个环节。

如果说在《泥土》中迂回地展现了农民，即当时作为朝鲜民族生活现场的殖民地现实，那么在《三峰他们家》中则更为直接地呈现了其实际状况。

"金三峰"一家不得不离开家乡的原因，就是丧失了家园和农田，在那里"想住下去也住不下去"。如前文提及的《泥土》中急水滩的农民一样，"金三峰"的家族成员，也从未惹过"酗酒或者耍无赖"之类的事情。但是，为什么从"芝麻开花节节高"的日子，一下子沦落成流离失所的人呢？

抵押给东拓和殖银的土地被拍卖后归属了东拓，那些耕地摇身一变成了东拓农场，从去年秋天开始由日本来的十几户移民开始耕作原本属于朴进士家的全部土地。因此，原本朴进士家的数十号佃农，也不得不去寻觅其他谋生办

法。三峰的家，也是这几十户佃农之一……①

小说的这一段，就是朴进士所拥有的农田被日帝殖民统治机构掠夺事实的指控和揭露，是当时日本帝国主义掠夺朝鲜民族的一个缩影。朴进士的境遇反映了原本拥有自己农田的人的命运，而金三峰的处境则反映了佃农破产的惨状。因此，这部分内容，是当时日本殖民地统治下朝鲜民族普遍生活的缩影。

总之，春园所"发现"的农村，是日本殖民统治下民族凄惨生活的现场。春园通过对作品中的人物所处环境的说明等，迂回地揭露了当时的殖民统治的客观现实。

鲁迅也在自己的创作实践中，呈现了自己所发现的中国农民生存环境，即农村的客观状况。下面通过《阿Q正传》和《故乡》来考察鲁迅所发现的当时中国农村实情。

《阿Q正传》中的"阿Q"是一个不知姓氏，不知名字，不知出生地的农民。这位被戏谑化的人物居住最久的村子是"未庄"，他是那个村庄里属于最底层的人。他曾自称姓赵，因而不仅挨了一个嘴巴，还被威逼"你怎么会姓赵！——你那里配姓赵！"。自此之后，他再也没有想过找回自己姓氏的非分之想。因为没有姓氏，所以也就无法找到籍贯。"阿Q"所居住的农村，即"未庄"是一个连作为人的基本生存权利都被剥夺的地方。但是，即便"阿Q"生活的处境那样的惨烈，"社会"也并没有就此放过他，更没有同情和怜悯他。于是"阿Q"成了"闲人"的消遣工具，成了"赵太爷"和"假洋鬼子"欺辱对象和出气筒，成了"地保"欺诈对象。"阿Q"借以委身的农村——"未庄"，对他来说无异于"吃人的现场"。

"好！！！"从人丛里，便发出豺狼的嗥叫一般的声音来。

（中略）

阿Q于是再看那些喝采的人们。

---

① 《三峰他们家》，《李光洙全集》3，第564页。

这刹那中，他的思想又仿佛旋风似的在脑里一回旋了。四年之前，他曾在山脚下遇见一只饿狼，永是不近不远的跟定他，要吃他的肉。他那时吓得几乎要死，幸而手里有一柄砍柴刀，才得仗着壮了胆，支持到未庄；可是永远记得那狼眼睛，又凶又怯，闪闪的像两颗鬼火，似乎远远的来穿透了他的皮肉。而这回他又看见从来没有见过的更可怕的眼睛了，又钝又锋利，不但已经咀嚼了他的话，并且还要咀嚼他皮肉以外的东西，永是不远不近的跟他走。

这些眼睛们似乎连成一气，已经在那里咬他的灵魂。

"救命，……"[①]

关于鲁迅曾经运用过的象征手法，在前文分析《狂人日记》时已有过考察。"狂人"所感觉的"赵贵翁"的及他家豢养的狗异样的目光、路过的妇女和孩子们的白眼、哥哥请来的医生凶恶的目光等，看起来全像吃人的狼的目光一样可怕。他们对于同胞的死亡没有任何关心，露出毫无同情的"麻木不仁"的目光。然而，当同胞的死亡成为看点时，那些目光就会变得"犀利"，唯恐错过任何一点有趣的点滴。

鲁迅在《示众》中，更为详细地描绘了类似的场面。在这部没有设定主人公的作品中，作者描绘了争相观看刑场上"处决"场面的"群像"。这也可以看作是扩大了"阿Q"死刑过程的一个侧面，是对"麻木不仁的看客"的中国国民精神状态的揭露和批判。

"阿Q"似乎临近死亡，才发现了自己曾经生活环境的真相。正是因为生存环境中挤满了带有那种眼光的人，"阿Q"的生活才会如此地悲惨。

上述作品通过"未庄"人对"阿Q"受刑的态度，迂回地展现了"阿Q"生活的另一个生存环境，即一般群众伪劣的精神状态。

那么，作为中国民众的生存环境，农村的现实情况又是怎样的呢？下面以《故乡》为中心，来深入探究其实际。

《故乡》是1921年5月发表在《新青年》第9卷1号的短篇小说。作品从

---

① 《阿Q正传》，《鲁迅全集》1，第526页。

主人公"我"回到故乡开始,到接母亲离开故乡为止,讲述了4天里发生的故事。"我"离家度过20年的异乡生活后,回到了2千多里外的故乡。但是,"我"儿时记忆中的美丽,在故乡已经再也寻不见。"我"极力回避俨然的现实,"自欺欺人"地安慰自己那是因为自己情绪抑郁的结果而已。

……从缝隙向外一望,苍黄的天底下,远远横着几个萧索的荒村,没有一些活气。我的心禁不住悲凉起来了。

啊!这不是我二十年来时时记得的故乡?

我所记得的故乡全不如此。我的故乡好得多了。但要我记起他的美丽,说出他的佳处来,却又没有影像,没有言辞了。[①]

《故乡》以1911年孙中山发起的辛亥革命后军阀割据为时代背景。虽然"我"在乡亲们看来是个有钱人,但实际上"我"的生活却并不那么宽裕。母亲俨然在家乡,但时隔20多年才得以探望,这本身就已经在说明"我"生活的困窘。还有,如果不变卖旧家具,搬家后新居的安排就会有问题,这就是"我"的实情。在乡亲们眼里是个"贵人""阔人"的"我"的个人生活叙事空间的设定,进一步衬托了一般老百姓"豆腐西施"和"闰土"的生活条件的恶劣程度。作品从"我"的生活环境开始,逐渐转向了"豆腐西施",特别是"闰土"等作者有意刻画的典型人物的生存环境。于是,作品全景式地展现了广大民众的基本生存环境,具有了再现那个时代民族生存基本状况的普遍意义。

鲁迅通过农民主人公"闰土"及其身边人物,不仅描绘了农民愚昧的精神状态,还描绘了他们悲惨的生存条件。那是封建社会经济、精神双重剥削下的民众艰苦生活的再现,也是处于专制制度下的农村客观现实。

从上述展现中韩当时的农民形象和农村现实的春园和鲁迅的作品,可以确认以下内容。

[①] 《故乡》,《鲁迅全集》1,第476–486页。

春园在农民形象的塑造上呈现出一个变化过程，即原本视为同情、怜悯的对象和改造对象的农民，随着对其悲剧性生活的客观根源的揭露，农民逐渐获得了与作家同呼吸共命运的人格。从而，农民获得新生成了民族改造的主体力量，成了主导该运动的领导阶级，即精英阶层的同盟力量。而鲁迅自始至终刻画了作为改造对象的农民形象，不仅揭发和暴露其劣根性，同时批判了导致这种劣根性的封建社会政治、经济、思想因素的罪恶。

春园发现的农村是殖民地统治下民族悲惨生活现场。他试图通过对作品中人物所处环境的说明等，间接迂回地揭露了严酷的殖民地现实。这不仅包括悲惨地生活在殖民地统治下的农民的生存环境，也包括在日本帝国主义的压迫下被迫离开故乡，流离失所的离乡民的生存环境。作品中相关场景的展现和描绘采用间接、迂回的手法且缺乏连续性，一方面反映了当时日本殖民统治者审阅制度下作者所面临的残酷现实，从中还可以窥见在那严酷的现实中春园自己因民族和个人利益的选择而矛盾的心情。而鲁迅则通过作品中刻画农民主人公及其周边人物展现了他们的生存环境，其中包括他们愚昧的精神状态和凄惨的生活环境。

三、近代知识分子的形象

（一）"先觉者"和"反抗者"

春园的《无情》是韩国第一部近代知识分子体裁的小说，从而开创了韩国近代文学史上又一个先河。春园曾说他试图在这部作品中描绘"朝鲜新晋知识阶层男女"的烦恼。当然，对一部作品的理解上过于信赖作家本人的说明，有陷入"误导"的危险，但从作品的客观内容来看，春园对这部作品的说明值得首肯。在《无情》里出现了许多正反面的近代知识分子，即已经完整接受过近代系统教育过程的青年男女知识分子。那么，他们以怎样的面貌在当时的朝鲜社会中确立自己的定位，并扮演了怎样的具体角色呢？

《无情》中的"李亨植"是从东京留学回国的中学教师，毫无疑问是个典型的知识分子。他"嘴里经常习惯性地哀叹自己的知识和修养的不足"，但内心却极其自负。同事和学生并没有认同他是"知识和思想水平很高的人",本人却自以为"是朝鲜具有最先进思想的先觉者",且因没有能够引起共鸣的同志而时常感觉"寂寞和悲哀"。因此,虽然不具备相应的社会、经济实力,他始终自以为是被赋予了正确判断一切的能力,是以社会精英自居的知识分子。这类知识分子身上,最容易滋生的就是道德主义和理想主义。①

"李亨植"作为先知先觉者的形象,在作品中表现出强烈的信念和独立的人格。通过与未婚妻"善馨"核实"爱与否"的场面,足以体现他所向往的完美道德主义者的形象。他既不想错过难得的绝佳机遇,即与"善馨"的婚姻,另一面至少在形式上为自己树立了符合新的伦理观,以爱情为基础来完成婚姻的形象。换言之,他先考虑到的问题是,哪怕用自欺欺人的手段,也要避免被人指责道德败坏的境遇。持有这种念头的"道德家",现在居然要为世人传授自己所崇尚的所谓的思想。每当遇见没有任何知识、没有德行的人,他就会感到厌恶,同时又陷入如何唤醒他们精神的烦恼之中。世人皆醉我独醒,以此为自负的这个先觉者的心思,在如下的一段引文中更是昭然若揭。

当坐在满员的车,看到眼前熙熙攘攘的人,就想到我懂他们不懂的话,具有他们不理解的思想,从而感觉一种自豪感油然而生,另一方面又会顿悟先觉者的责任,即"什么时候能教育他们,达到我这样的水平呢",想起足有两千万的人当中,没几个人能听懂我的话,理解我的意思,从而会陷入作为先觉者的寂寞和悲哀之中。②

先觉的知识分子"李亨植",以当时朝鲜两千万民众的领导人自居。这个情节,很像春园第一次留学日本回国在五山中学任职的场景。如果说这种心理是作为先知先觉者内心的烦恼,那么,《无情》中的"亨植"最终找到了解决这一烦恼,去出任"领导者"的机会,那就是"三浪津水灾现场"。在那

---

① 让·保罗·萨特著(方坤译),《为了知识分子的辩解》,韩国:宝成出版社(2001),第12页。
② 《无情》,《李光洙全集》1,第181页。

里，"亨植"的领导者内心构想，得以一一付诸行动。他开始了"通过教育，通过力行"来教导民众，使他们"在新文明的基础上打下坚实的生活基础"的实践，他也就成了计划通过教育和实践唤醒民众，让他们拥有新生活的"领导者"。如果说"李亨植"的构想是以民众领袖自居的近代知识分子的理想，那么"三浪津水灾现场"就是实现理想的行动出发点。

《无情》中又一位不得不提的先觉者是"黄炳旭"。如果说领导人"亨植"在作品中迈出了实现未来理想的第一步，那么"炳旭"形象则是通过作品中对"英彩"实施教育，使她完成转变，是完美完成其目标的人物。再如"亨植"是作为男性走在民众前列的"先觉者"，那么，"炳旭"则是被刻画为女性知识分子的"先觉者"。因此，可以认为春园在作品《无情》中，通过东京留学生"亨植"和"炳旭"两个男女主人公，完美刻画了指导民众的男女知识分子"先觉者"形象。

春园还在长篇小说《开拓者》和农民启蒙为主题的《泥土》中，也刻画了作为知识分子的"先觉者"形象。

《开拓者》的主人公"金性哉"，是不顾个人和家庭，埋头于引进新科学技术的"力行"型先觉者形象。这个领导者型先觉者知识分子，在妹妹"性淳"的婚姻问题上却扮演着旧家庭制度的代表人物，其主张和实践陷入了自相矛盾的境地，先知先觉的形象，也随之遭到毁灭性的损毁，知识分子题材也被完全浪费。但是，作为长者，因其个人的现实利益而强迫妹妹付出牺牲的"性哉"，在保障作品现实真实性的另外一个近代意义上，有必要重新考虑。

与"性哉"呈现恰好相反状态的人物，是以自己的具体言行反对旧家庭制度的知识分子"闵恩植"。他反对没有爱情的婚姻，为了履行自己对爱情的理念，他毫不掩饰自己对"性淳"的异性之爱。当"性淳"在母亲和哥哥的强迫下，因是否答应该允诺没有爱的婚姻而苦恼之时，"闵恩植"成了"性淳"强有力的支持者，表现出了积极引导她做出自主选择的姿态。

今天的社会是男人和女人的共同所有物。男人和女人要根据各自的品性，尽最大的努力去实现我们理想中的社会。要对女人开放同样的教育、职业……当然，承认人格自由和权威是世界的大势所趋。（中略）因此，朝鲜女子也有必要和义务握紧拳头奋发图强。①

总之，《开拓者》与作家试图描绘从"合并到大战前的朝鲜"②的原创作意图背道而驰。究其原因，可能是作家不熟悉现实中这一类型的人物，还有如金东仁指出的当时缺乏足够创作激情不无关联。尽管如此，作为知识分子的领导人形象在另一个人物中依然是那样的活灵活现，那个人就是启蒙、指导"成顺"的知识分子"闵恩植"。

春园启蒙主义作品的代表作《泥土》，也属于民族改造文学实践的代表作，这一点前文已有考察，从中也见证了引领民族改造的知识分子"许崇"的"先觉者"形象。

"许崇"回归农村的目的，是试图教育和引导无比可怜的朝鲜民族的主要成员——农民，使他们过上更有生机和幸福的生活。为了实现这一目的，"许崇"通过高等文官考试和与"贞善"的婚姻进入社会上流阶层。面对自己的婚姻问题，"许崇"也不忘考虑"我的婚姻是否真的是适合我为全体朝鲜人奉献自己的婚姻"类的问题，可见这位主人公与《无情》的主人公"李亨植"，同属于一类的"先知先觉者"型知识分子。他们注重自己的道德声誉的做法如出一辙。主人公的这种做法，可以推测是当时走向人生顶峰的作家"自恋癖"的反映，也可以视作尤其重视名声的作家心理的表现。春园很早就从岛山安昌浩那里得到忠告，"虽然名声不足悗念，但名声一落，民众就不会追随，就不能有为"，因此必须珍惜名声的忠告。③为此，在刻画领导者型主人公形象的时候，首先作为确保其名声的一环，春园大抵都表现出了让主人公步入社会上流阶层的执着习惯。这与作家在幼年就领悟到的"只有成了大人物"，才能克服困难的人生观不无关系。但是，这两部作品的主人公的具体实践却有所差别，"许崇"表现出具体的实践行动和目标，是一个更为融入民众

---

① 《开拓者》，《李光洙全集》1，第399-400页。
② 《我的作家态度》，《李光洙全集》10，第461页。
③ 《我的告白》，《李光洙全集》7，第265页。

的"先知先觉者"形象,从而显得比"李亨植"在各方面更加活灵活现。这与创作《泥土》当时作家春园已经融入民族改造的具体实践有关,因为该作品是在将理想转化现实的具体实践过程中创作出来的作品,所以摆脱创作《无情》留存下来的抽象性思维习惯。

作为先觉者,近代知识分子的出现并不仅仅局限于春园创作的上面介绍的几篇作品,还有一篇《先导者》。春园表示这篇作品是以岛山安昌浩做了现实的模特,因此,这篇作品如同岛山安昌浩的一生传记。当然毕竟是小说创作,其内容并非全部都是真实的记录,但春园发现的理想的民族领导人岛山为原型的主人公"李沆穆"的领导者形象却是刻画得栩栩如生。作品通过"李沆穆"这个主人公,刻画了"雄辩家、热烈的爱国者、不顾个人,全意为公不惜献身、反对一时的急进论、主唱酝酿实力"[1]的近代民族运动的先觉者形象。

此外,帝国大学的医学博士"安宾",也可以视为另一种类型的先觉者。主人公"安宾"在作品中集眷顾自己的名声和作为指导者的威望于一身,"石荀玉"是仅仅读到他的文章,就深受感化奔他而来的女粉丝。因此,仅凭能够在"安宾"身边陪伴他这一境遇,"石荀玉"就能感受人生莫大的幸福。这种情节的设定,预示着"安宾"无与伦比的领导者地位与影响力。在帝国大学获得医学博士学位的"安宾"是受了完整的近代教育洗礼的学者,自然就是"先觉者"型近代知识分子。作品中的"安宾"摆脱以先觉者"自傲"的形象,成了周边的人自发拥戴的引领人,成了春园作品中刻画的另一种先觉者形象。

春园的另一部长篇小说《无名》里的领导型知识分子形象,与其他作品的主人公略有不同。主人公"我"时刻不忘有意无意地表露自己与牢狱中的其他罪犯不一样。虽然没有具体的说明,但可以肯定主人公将自己的定位设在了比其他罪犯更高的位置。而且,其他罪犯也尊崇主人公,遇上纠纷都推举主人公为仲裁者。也就是说,原本的"自封"和"在周围人物的尊敬下实现",春园在其他作品中通常使用的这两个突出领导人形象的手法,在这部作品中融在

---

[1] 朱耀翰,《先导者》,《李光洙全集》3,第633页。

了一起。但仔细观察后就会发现，依然是后者占据更大比重，在一个罪犯临死前找到主人公"我"询问来世的情节中，这一点尤其显得很确切。

"想拜佛主，念叨南无阿弥陀佛就行吗？"

他问道。我猛然站起来合掌并微微低下头，念叨了一下南无阿弥陀佛。

"尹"像我一样做了合掌的模样，看见"郑"从迎面走过来，便迅速放下了双手。见"郑"走远之后，他又开口道：

"老金！可以不去地狱，去极乐世界吗？"

说着，他瞪大了那小眼睛怔怔地盯着我。我从来没有遇到过这么重大的、附有这么重大责任的问题。①

在牢房的其他犯人眼中，主人公"我"是一个先知先觉的人物，"我"不仅成为牢房内的中心人物，还承担着他们思想的"领导人"角色。新的领导人物类型的出现，标志着作家创作技法上的一个突破。《无名》被评价为春园的经典作品，作品中刻画领导人物的形象化手法，也是一个关注点。换句话说，领导人形象的确立，不是通过直白的、生硬的"自封"，而是在作品中以极其含蓄的暗示实现。这一点意味着春园创作技法和创作原则，进入了更加成熟的阶段。

那么，鲁迅的作品中是如何刻画知识分子主人公的呢？

鲁迅曾认为"作家的任务，是在对于有害的事物，立刻给以反响或抗争，是感应的神经，是攻守的手足"②，这应该是他推崇的作家意识之一；他还指出"说到中国的改革，第一著自然是扫荡废物，以造成一个使新生命得能诞生的机运"③。而这可以理解为是他当时所秉承的时代意识。显然，仅以这两段语录，无法概括鲁迅作家意识和时代意识整体，但从中可以窥见或者寻找鲁迅创作态度的冰山一角。创作白话文处女作《狂人日记》时，鲁迅"意在暴

---

① 《无明》，《李光洙全集》8，第39页。
② 《序言》，《鲁迅全集》6，第3页。
③ 《出了象牙塔》，《鲁迅全集》10，第244页。

露家族制度和礼教的弊害"①。《狂人日记》里的主人公,是被周围人称为是"狂人"的先觉者。

"从来如此,就对么?",这个经典的质问,就是《狂人日记》的核心词。通过"狂人"——那是先知先觉者的代名词——的嘴,鲁迅向旧的社会制度发出了挑战书。"狂人"发现了现时代,无非就是"吃人"历史的延续。而且,发现了一个震惊的事实,自己也不能超然于这个现实。

吃人的是我哥哥!我是吃人的人的兄弟!
*我自己被人吃了,可仍然是吃人的人的兄弟!*②

这一惊人的发现蕴含着"狂人"的顿悟与觉醒。这一觉醒使他对其眼前的现实产生了强烈的抵触,这种形象意味着"狂人"属于先觉者。如果从作品的开头"然已早愈,赴某地候补矣"的表述,也可以看出"狂人"确属知识分子无疑。中国清朝末期,孙中山和章太炎等先觉的知识分子曾被一些人污蔑为"疯子"的事实,③进一步证明鲁迅作品中刻画的"狂人"就是当时先觉的知识分子形象。再加上鲁迅大加赞赏被污蔑为"疯子"的章太炎是"先哲的精神,后生的模范"④,可以说《狂人日记》里的"狂人"形象毫无疑问就是当时先知先觉的近代知识分子,换句话说,是作家平时提及的中国第一代知识分子形象。他们都在当时以反抗者的身份对旧的社会制度的罪孽展开了无情的揭露和批判。

"狂人"的对立面并不是某一个人,其中既有"赵贵翁"和他的"狗";有走路时打自己儿子,"眼睛却看着我"的"女人";还有哄笑的青面獠牙的"闲人";有来诊脉的"老头子""佃户"、狂人的"大哥"等等不一而足,他们的共同点是一致把主人公当成"疯子",他们已经形成"吃人一

---

① 《〈中国新文学大系〉小说二集序》,《鲁迅全集》6,第239页。
② 《狂人日记》,《鲁迅全集》1,第422–432页。
③ 王瑶,《中国现代文学史论集》,北京大学出版社(1998),第17页。
④ 《关于太炎先生二三事》,《鲁迅全集》6,第547页。

伙"。他们以"从来就如此……"视为人生的最高准则。

鲁迅一向没有停止对来历不明却借以历史的外衣或数量上的优势，抹杀人类自主性的传统因素的揭露和批判。鲁迅敏锐地看穿了"历史传统"和"国粹"的幌子下，摆设"大小无数的人肉的筵宴""人们就在这会场中吃人，被吃"①的当时中国社会的现实弊端。

《狂人日记》中，那些长相模样也看不清，却佯装相识并点头哈腰的人，就是那些以"历史传统"或"国粹"的名目，扼杀民众自主性和生存自由的人。"狂人"就是看破并揭穿了那些人的阴险的内心，即借口以"从来如此"，而隐匿他们"吃人"目的的险恶用心。因此，他试图去打破"只要从来如此，便是宝"的错误观念，从而唤醒安于那种现状的民众。先知先觉者"狂人"要与他们讲明道理，他们就会突然消失，造成走上战场的战士找不到该打击的敌人一样的局面。

他走进无物之阵，所遇见的都对他一式点头。他知道这点头就是敌人的武器，是杀人不见血的武器。（中略）

他举起了投枪。（中略）

一切都颓然倒地；——然而只有一件外套，其中无物。②

中国各处是壁，然而无形，像"鬼打墙"一般，使你随时能"碰"。③

在这种不明身份的对手面前，先觉者"狂人"只能是无所作为。经过与"无物之阵"的较量，"狂人"只是在"救救孩子"的呐喊声中，勉强止步于个人的自我觉醒的层面上，痊愈后就"赴某地候补"，最终会在"无物之阵"中"衰老病死"，最后的胜者，自然也就是"无物之阵"。

《狂人日记》揭露了披着"传统"和"国粹"的外衣，抹杀人类自主性

---

① 《灯下漫笔》，《鲁迅全集》1，第318页。
② 《这样的战士》，《鲁迅全集》2，第214页。
③ 《"碰壁"之后》，《鲁迅全集》3，第72页。

的旧社会制度的罪恶。《狂人日记》作为鲁迅的处女作,在这个意义上而言,这部作品是鲁迅为唤醒国民之启蒙事业而甘愿奉献一生的出师表。作品的主人公"狂人"是"试图拯救民众却遭到他们迫害"[①]的形象。这种反抗不是为了自己,而是为了全体民众,但这些对手却都隐藏在民众之中。从而,鲁迅明白这个反抗要持久,要具有坚定的信念,他提出"对于旧社会和旧势力的斗争,必须坚决,持久不断,而且注重实力"[②]的战略思考,是有其根源的。

作为反抗者的"狂人"形象,还出现在另一部作品《长明灯》中。身份不明的这个"狂人",应该和《狂人日记》中的"狂人"一脉相承。因为,虽然并没有明确表示这个"狂人"是知识分子,但可以将该主人公的一切,视为《狂人日记》中"狂人"日常的一个片段,其重要依据就是关于这个"狂人"反抗者与"无物之阵"对决的作品结构。只是这部作品里没有"狂人"直接反抗言行的描述,而是将焦点放在周边人物的态度上,也就是说,在表现手法上有所差异而已。下面去考察《长明灯》中,抹杀和消耗"反抗者"个性的"无物之阵"。

"真是拖累煞人!"(中略)阔亭抬起头来了,"去年,连各庄就打死一个:这种子孙。大家一口咬定,说是同时同刻,大家一齐动手,分不出打第一下的是谁,后来什么事也没有。"[③]

这一段完全可以视为《狂人日记》中的"无物之阵"迫害"狂人"的具体状况。因为那里邻村佃户向大哥传达的部分,即多人一齐动手打死某人的案例,在这里有了其具体的展现。

总而言之,春园作品中的近代知识分子均以先觉者的形象出现。他们在近代意识即近代自我意识和民族意识的形象化中,都以指导民众的人物出现并做出了具体指导民族的实践。实现身份上升,具备道德化的人格,确保名声,

---

① 《两地书·四》,《鲁迅全集》11,第20页。
② 《对于左翼作家联盟的意见》,《鲁迅全集》4,第235页。
③ 《长明灯》,《鲁迅全集》2,第63页。

自诩为民众领导人，这在春园的作品中成了一般性的公式。但是，也不无例外，比如《爱情》《无明》等作品中，虽然主人公不无隐约自诩为领导人的一面，但大部分情况下都是通过周围人的态度，显露出其领导人的身份和形象。另外，鲁迅主要通过"狂人"这样一个非正常的人物，刻画了"反抗者"的知识分子形象。这种反抗是针对顽固落后的封建社会制度和陋习，是对守旧势力以"从来如此"为由，合理化他们"吃人"恶行的毫无妥协的严厉批判。

（二）"堕落者"与"受挫者"

春园在《无情》中宣告了以"拯救朝鲜人"悲壮的姿态，走上留学之路的男女知识分子的征程。他在作品的结尾，编了一个画蛇添足般的后话。但是，《无情》的故事只不过是关于他们完成学业的"报告"而已，实际上我们看不到他们"为了拯救朝鲜民族"，回国后具体做了怎样的努力。关于他们回国后为朝鲜民族的各种具体实践，也就只能从之后的其他作品中寻找。因此，本研究将以《开拓者》和《泥土》为中心，去考察完成近代教育后的那些男女知识分子青年，在拯救朝鲜民族的实践中的具体活动。鲁迅的作品，同样也可以适用这一原则。当时仍然对拥有强大势力的旧势力持坚决反抗态度的"反抗者"，在与现实的对决中能否坚持自己的主张，还有待去确认核实。因为在面对残酷的现实，他们陷入妥协或挫败的可能性也会相应增加。

在春园的作品中，知识分子的堕落在《无情》中就已经初露端倪。除了以先觉者、民族领导人自诩的精英知识分子"李享植"，知识分子堕落者的典型代表人物形象也出现在同一作品上。东京高等师范学校地理历史系的专科毕业生"裴明植"，就是其知识分子堕落者的典型代表人物。被学生们称为校主的"警犬""料理店"的他，最终在强暴"英彩"的现场被捕而沦为阶下囚，达到了一个堕落的顶点。

从春园知识分子小说的谱系来看，《开拓者》多少尚有不足之处。这是因为，为了在《无情》中塑造以饱满的热情，抱着一股"拯救朝鲜人"的理想，走上求学之路的新知识分子的形象，在创作《开拓者》的节点上，并没有很好地展现出当初的理想具体落实的面貌。换句话说，相以对所刻画的主人公积极向上的一面，消极堕落的一面反倒显得尤为突出。

主人公"性哉"是一名化学家,毕业于东京高等工业学校,是一个不折不扣的当代知识分子。学成归国后的七年里,他几乎每天都在实验室里度过,致力于不知名状的某种实验研究,但是,这七年间却是毫无可视性的成果,连自己都怀疑"足足七年闷在实验室里,到底做了什么?"。随着小说情节的不断展开,以"性淳"婚姻为主线展开的家庭内部新旧思想的斗争呈现在读者眼前。但是,令人不解的是这对立的两派当中,旧思想的代表者竟然是从东京留学回来的"性哉"。在作品的开头,"性哉"为了提高民族和人类的生活品质,虽其实质有些抽象,但毕竟还能够埋头钻研于自己的那项事业,但是一旦遭遇现实的经济困难,他却过于轻易地屈服于现实困境,那勇于"力行"的先行者形象与民族情怀一道突然间消失得无影无踪。"性哉"从一个现代知识分子的精英人物,转向为旧思想的代言人,是一个十足的"堕落者"。小说生动地展现了一个起初立志拯救民族和人类危亡的精英人物,在现实的种种阻挠之下,最终轻言屈服现实,成为唯利是图的、利己主义的堕落者形象。

在春园的作品中刻画的堕落的精英知识分子形象不止于《开拓者》,此类人物在其他作品如《泥土》《再生》中也再次出现。

《泥土》中,有像"许崇"那样以农村生存现实为基础勇于实践的领导者,也有在意识结构上与之相反的东京留学生,如"金甲镇""李建荣"以及"愈精勤"等人物形象。"金甲镇"是一个从东京留学归来的留学生,他除自己从事的事情以外,对于朝鲜人所做的一切都持有蔑视的态度,并认为那一切都毫无价值。作为一个对于自己的民族持有这般感情的人,他肯定无法赞同"许崇"的价值观。实际上,他和美国留学归国的"李建荣"一样,都是只顾着盯"女人的臀部",只顾着陶醉于个人享乐的所谓"知识分子"。他们完全陷入个人主义和利己主义,沉溺于"女人"和"游戏",这类人物与《无情》中出现的"裴明植"同归一类。小说中出现的"俞精勤"也属于这一类人。他是一个极端利己主义者,为了家族的私利,不惜破坏"许崇"努力开创的改造事业。

起初积极参与为民族而奋斗的事业,后期堕落成只顾一己之利的个人主义者之类的知识分子,在春园的另一部作品《再生》中也亮相。《再生》的男女主人公"申凤丘"和"金淳英",都是曾参与"3·1运动"的知识分子,二人因此还都遭遇了牢狱之灾。由于"淳英"对自己爱情的背信弃义,"凤丘"居然放弃所从事的民族事业,把报复"淳英"当成了一生的目标。"独立运动后,人们的热情凉了大半截,曾经为国家和百姓奉献一生的信念也渐渐淡化","淳英"面对这样的现实也追随"各个只想着一己的平安舒适"的风气,最终成了富人的小妾。"淳英"虽然也曾不甘于这样的堕落,经历过一番内心的挣扎,但最终还是未能摆脱堕落的结局。"凤丘"最后也虽然做出了"忘却自身的所有喜悦和悲哀,把余生献给可怜的老百姓"的选择,但依然无法摆脱整体上的堕落丑态。《再生》这部作品虽然讲述的是两个知识分子走向堕落的过程,但从"作家捕捉了人类生存最基本的条件"的意义上,即形象地再现了"3·1运动"后韩国知识分子所面临的生存环境上也有其自身的意义。

鲁迅则在《狂人日记》和《长明灯》中,塑造了与旧的社会制度及习俗坚决斗争并决裂的知识分子形象。仔细考察作品中此类知识分子的现实生活,他们的斗争轨迹就会清晰地展现在读者眼前。

先观《在酒楼上》。作品中的"我",时隔多年回到故乡,到以前经常光顾的酒家,陷入了对往日的怀念之中。就在这时,他偶然遇见了同窗故友"吕纬甫"。

> 细看他相貌,也还是乱蓬蓬的须发;苍白的长方脸,然而衰瘦了。精神很沉静,或者却是颓唐;又浓又黑的眉毛底下的眼睛也失了精采。①

而在学生时代,他的眼睛里常常能看见"射人的光",曾"到城隍庙里去拔掉神像的胡子",也有过"连日议论些改革中国的方法以至于打起来的时候"。对"吕纬甫"的肖像描写中,我们可以想象得到《狂人日记》里"狂人",也能联想起"狂人知识分子"的面貌。"吕纬甫"自称自身的这些变化都归因于"麻木"。从他的讲述当中,我们就会渐渐看到母亲的旧观念,周围

---

① 《鲁迅全集》2,《彷徨》,第26页。

人对他的不解等致使他变成如此模样。与他们的对峙,已经使他筋疲力尽,哀叹"你看我们那时预想的事可有一样如意?……连明天怎样也不知道"。当年反抗封建制度和习俗时那种血气方刚,已经消失殆尽,显露着一副一蹶不振的挫折相。更不幸的是他的挫折并没有止步于此,他甚至与自己曾经敌对的东西开始了妥协:他以给孩子教授"我实在料不到"的"子曰诗云"、《孟子》《女儿经》类的来维持生计,而这些正是他自己曾经坚决反对和抵触的对象。"吕纬甫"这样一个形象里,再也寻不到学生时代破坏城隍庙、试将中国从所有封建旧时代的束缚中解救出来的热情青年的影子。这部作品捕捉了一个人陷入迫不得已的窘境时的"条件反射"类选择,也可以当作是对"人类生存条件"层面的捕捉。

这部作品,只是通过对话间接地显露出主人公经历现实的挫败,并与自己过去抗争的对象妥协的场景。而在《孤独者》中,则通过更加直接的形式将这种妥协的过程,完整地展现了出来。

《孤独者》的主人公"魏连殳"留学归来做了一名中学教员。他有当时还为数不多见的"精装书",可见是一位名副其实的近代知识分子。"魏连殳"的家乡没有小学,他离开家乡出外游学成了"吃洋教"的"新党"。

> 常说家庭应该破坏,一领薪水却一定立即寄给他的祖母,一日也不拖延。此外还有许多零碎的话柄;总之,在S城里也算是一个当作谈助的人。……但他们却更不明白,仿佛将他当作一个外国人看待,说是"同我们都异样的"。[①]

这就是《孤独者》的主人公"魏连殳",他被周边的为数众多的人误解,被他们打成"异端",其处境与"狂人""吕纬甫"几近相同。也就是说,因为他是先知先觉者,而被周边的"庸众"当成了"异端"。

主人公的祖母去世后,家乡的人商议"排成阵势,互相策应,并力作一

---

① 《鲁迅全集》2,《彷徨》,第86页。

回极严厉的谈判",以挫一挫他的锐气。他们提出葬礼上"是全都照旧"的原则,摆出了新旧两派严阵以待的对决场面。然而,筹措已久的冲突并没有如期发生,因为"魏连殳"出乎大家意料地简单回答了"都可以的",在没有任何反抗的条件下,接受了众人提出的所有条件。

> 先前,我自以为是失败者,现在知道那并不坏,现在才真是失败者了。
> (中略)
> 我已经躬行我先前所憎恶,所反对的一切,拒斥我先前所崇仰,所主张的一切了。我已经真的失败,——然而我胜利了。[①]

放弃先知先觉者的使命,与曾经的敌人妥协的主人公才是真正的失败者。他从先知先觉者独有的"孤独"和"痛苦"中摆脱出来,不再需要瞻前顾后,只要一切"全都照旧"就万事大吉,曾经的苦恼和困难也随之烟消云散,离他远去。遭遇失败的先知者的苦涩和自嘲的表达里,实际上蕴含着中国近代知识分子与"无物之阵"苦斗后的酸楚与痛苦。

鲁迅也曾忧虑"不怕有神经病,只怕富贵利禄当面现实的时候,那神经病立刻好了"[②]的现实出现。《狂人日记》中的"狂人"最后成为某个地方官吏的候补,也可以视为如此类的暗示。不仅如此,这部作品还表达了被"无物之阵"所捕获并成为其中一员的知识分子的悲愤和惋惜。那些"无物之阵""有它使新势力妥协的好办法,但它自己是决不妥协的",因此鲁迅同时又指出"对于旧社会和旧势力的斗争,必须坚决,持久不断,而且注重实力"[③]。从上述这些作品当中,我们也可以很清晰地读到鲁迅这种思考的形象展现。

[①] 同上书,第100-101页。
[②] 章太炎,《演说词》,《民报》1906年第6号。转引自王瑶,上列书。
[③] 《对于左翼作家联盟的意见》,《鲁迅全集》4,第235页。

第四章　春园与鲁迅比较研究的意义

19世纪末至20世纪初，中韩两国的关系经历世纪交替的巨变，从过去的朝贡关系（the tributary system）转换成为近代的条约关系（the treaty system）。也就是说，两国在曾经长期共享的类似传统文化的基础上，分别批判性地接收外来近代文艺思潮，从而孕育了近代意义上崭新的各自的国民文学。本研究以此认知为前提，对中韩近代文学初期的代表作家春园和鲁迅做了比较文学视域下的研究，其目的在于通过对春园和鲁迅的比较研究，为中韩两国的近代文学的比较研究提供可参照的框架体系。

本研究首先考证了春园和鲁迅之间的直接或间接影响关系是否成立。虽然他们之间并不存在互文性，但在传记事实、文学背景、文学实践等多方面却发现有诸多相似性。这个考证工作，为本研究能够适用一般文学的比较研究方法提供了依据。另外，本研究考察了韩国国内的鲁迅接受史，以及春园和鲁迅的比较文学视域下的前期研究情况，再次确认了两人之间存在的可比性。另外，本研究将还在研究过程中借助法国学派的影响为前提的比较研究方法作为辅助手段。本研究主要以春园和鲁迅的近代意识和民族改造思想为主题的启蒙文学、农村或农民题材的文学、知识分子题材的文学等类型的作品，为直接的比较研究对象，其他作品作为辅助资料适当加以利用。

本研究首先比较考察了春园和鲁迅的传记背景和文学思想形成过程，确认了如下事实。

第一，春园和鲁迅都是在人生的第一个转折点——家庭没落中发现了具有普遍意义的"个人"的概念。

春园和鲁迅人生的第一个转折点都源于家庭的没落。作为长子的他们以此为契机，比常人更早地充当了家长的社会角色。春园在认识到长子的"责任感"和相对父辈的绝对优越感后自我认知了"个人"意识。普遍意义上的"个人"主体意识是他早期文学弘扬"自我意识"的重要根源。在此期间，春园养成了夸大评价自己须承担的责任份额的习惯，这是他"自恋癖"意识的根源。而鲁迅走上家庭顶梁柱的角色后，第一次感到了社会的黑暗面。他的文学致力于揭发社会的阴暗面，与此阶段的这种感悟不无关系。春园和鲁迅在此期间都接触到了各自国家的传统文学遗产。在这方面，与父母早逝的春园相比，能够完成当时较为正统且系统的教育的鲁迅，显然学习得更加全面。

春园刚步入社会时在东学的那段"悲壮"的经历，使他在很长一段时期里沉迷在自豪感和"自我陶醉"之中。他在多篇文章中反复强调这一点，这是对自己曾为民族而冲锋陷阵的"自我意识"的肯定。更何况在他加入东学之时，东学的反日性质弱化了许多，这一事实使其认为自己一直处于民族指导者位置而充满自信的春园，更加迫切地感觉到了有必要强调自己当时的实际角色的必要性。春园真正以自我为主地参与民族运动始于《2·8独立宣言》的起草。以此为契机，他站到了民族运动的前沿。春园的这些经历，是他在作品中刻画大批精英型人物和领导人物的现实根源。而鲁迅步入社会的过程中，并没有像春园那样"悲壮"的场景，他的经历仅仅只是为了维持日常生存的延续。鲁迅始终着眼于民族的生存和发展问题，与阻碍其发展的各种因素进行毫不妥协的斗争的文学实践，与这种经历有着很深的联系。可见，春园和鲁迅所处的时代背景和各自相异的经历，对他们性格的形成和文学实践造成了不可忽视的影响。

第二，春园和鲁迅都通过探讨各自国家的传统文化和赴日留学，形成自己文学思想的基础。

否定传统是春园和鲁迅文学思想的重要组成部分。他们都以取其精华，去其糟粕的态度批判传统，这也为他们确立新的价值观奠定了基础。他们的共同点在于否定以儒教为核心的压制人性的传统文化，并呼吁剔除传统文化中的糟粕，创造符合新时代的新伦理规范。

但是，在这种否定和生成的过程中，对自我位置的设定导致了对他们截然相反的评价。春园把自己设定为受害者，从而充当了否定传统的青年的领导人；而鲁迅则将自己视为传统中的一员，定位于否定的对象。鲁迅对传统文化的否定程度不亚于春园，但是一来中国的状况并没有像已经沦为殖民地的朝鲜那样迫切，加上他意识到自己也是需要否定的对象之一，因此，鲁迅在否定传统上表现出了更为彻底和客观的一面。

春园和鲁迅在日本留学期间接触到了近代文艺。在初期，正值春园"孤儿意识"的巅峰期，他全面接受托尔斯泰并视为"不在的父亲"。鲁迅则以"拿来主义"的态度接纳外来滋养，表现出了鲜明的自主性。他们还接触到了当时日本文坛盛行的自然主义，但是，在为民族文学实践创作中，他们只是选择性地借鉴了日本私小说中的部分要素，并没有完全沉溺其中。唯一区别在于春园的作品多有作者介入的成分，因而始终带有浓厚的个人色彩；而鲁迅在创作中侧重于确保"真实性"的特点。

本研究以上述预备考察为前提，将春园和鲁迅文学思想的分析和比较，当作了他们文学作品比较研究的出发点。

春园和鲁迅由于积极接受近代文艺思潮，明确把握了现实主义的创作精神和创作技法两个侧面。他们认知现实并试图以文学的形式予以反映，从而试图实现志向于各自民族的精神和生活上的革新的目标。他们关注的是依据"细节的真实"来反映民族的"现实"，但春园那理念色彩浓厚的理想主义倾向，与鲁迅全面、冷静的现实主义形成鲜明的对比。春园在作品中不仅提出理想的民族性，还提出理想的民族生存环境，而鲁迅始终坚持了以当前民族的现实为出发点。另外，春园和鲁迅都对近代文学有着精准的理解，关注文学的实用性与功利性，完全脱离了旧文学的"文以载道"。从追求现实意义的角度来看，他们都履行了"人之文学"，究其实那是为各自民族而创作的文学。

春园和鲁迅关于"民族性改造"的论述，是传统文化否定论的延续。他们的目的是使精神状态仍处于封建时代的各自民族，成为近代化的主体。但是，如果将其研究背景与个人性格和当时的现实状况结合起来，就会产生截然不同的理解。在日本殖民统治下，春园主张不考虑政治性而只关注民族性的改造，难以避免与殖民地现实妥协或者顺从的指责。再加上他从临时政府回国的不明不白的经历,随之而来的安逸的个人生存条件,无可避免地给他打上了深深的"亲日"烙印。"民族",实际上成了春园"自我救济"的权宜之计。鲁迅则在评论和创作中,始终如一地保持着对国民劣根性的批判。虽然他所处的时代状况,相对于春园略显宽松,但是他的民族批判与个人实际利益没有任何瓜葛,值得我们关注。在变幻莫测的政治背景下,鲁迅始终坚守信念,不屈不挠,甚至不顾个人安危,这与春园的言行形成鲜明的对比,春园在这一点上远逊色于鲁迅。

对对文学思想的分析和比较为基础,对他们作品的比较研究中,得出了以下结论。

第一,春园和鲁迅的早期文学都侧重于弘扬近代意识。他们立足封建时代的民族现实,试图通过确立近代的自我意识和改造民族性来改变当时民族生存的现实。他们的共同点是,在自我意识的形象化中,以个人实际体验的基础,结合一定的虚构要素。春园刻画了精英型先觉者,通过直白说教的言行,采用了将启蒙思想的热情单方面地注入给被启蒙者的形式;鲁迅则刻画"狂人"形象,采取了以象征性手法含蓄地暗示作家的思想的形式。在改造民族性文学实践的创作中,春园主要刻画了诸多领导型的人物;鲁迅则刻画了很多日常生活中的平凡人物的典型。从这些创作特色中可以得知,春园谙熟领导型性格,并把自己置于那个阶层,而鲁迅强调自己不是英雄人物或领导人物,这形成二者的鲜明对照。

第二,在民族性改造文学实践阶段,对于春园和鲁迅来说,农民及其生存环境农村已经不是"平凡且毫无意义"的存在,而是新近发现的"具有意义"的客观存在。因此,在作品中,农民被刻画为民族的代表,农村也设定为民族生存的代表性环境。春园在《泥土》和《三峰他们家》等作品中,把农民当作民族的主体,其态度呈现了一个变化过程。起初主人公大多以站在施舍的立场,将农民视为同情、怜悯和改造的对象,随着阐明其悲剧性生活的客观原因,渐渐站到了农民的立场上,达到了与农民同呼吸共命运的境界。因此,我们可以看到春园把农民塑造成民族改造的主体力量、主导该运动的精英型领导人的同盟力量的意图。在鲁迅的作品中塑造的"阿Q"和"闰土"等农民主人公，都被刻画成封建专制社会制度的牺牲品，这是鲁迅取材于"病态社会中生活的不幸人们"之创作实践原则的一个体现。另外，春园刻画的农村是殖民地统治下民族悲惨生活的表现，从作品中迂回、婉转地揭露了那一现实的残酷。而鲁迅笔下的农村，是封建专制社会背景下饱受经济和精神双重剥削压迫的民众艰苦生活的环境，那就是封建专制制度下当时的中国社会现实的缩影。

第三，春园和鲁迅都是近代初期生活在剧变时期韩国和中国的、先知先觉的近代知识分子。春园知识分子题材的作品，塑造了很多精英型知识分子形象，他们在独立意识或民族意识的弘扬和民族性改造的文学实践中，都被设定为先知先觉人物，作品附带着很深的作家介入痕迹，甚至有很多主人公的言行可以是作者思想和立场的直接代言。除这些先知先觉的知识分子外，春园还塑造了堕落的知识分子形象，那是对沉迷于个人的享乐，从而远离民族生存现实、不去承担民族伤痛的堕落知识分子的批判。鲁迅则刻画了抵制和反抗封建专制社会制度及其引发的旧的传统因素的"反抗者"型知识分子形象。不仅如此，鲁迅还描绘了"反抗者"型知识分子的挫折，甚至妥协的形象。考虑到作家自己毫无妥协的人生经历，这应该是作家对同类知识分子发出的警告，也包含着与强大的"无物之阵"对战的策略性思考。

春园和鲁迅分别是开创韩中两国近代文学的作家，对他们的比较研究对两国近代文学的整体比较研究具有十分重要的意义。基于此，本研究的意图在于通过对春园与鲁迅的比较研究，拟建立韩中近代文学比较研究的一个参考体系。

作者附记

鲁迅曾说"当我沉默着的时候,我觉得充实,我将开口,同时感到空虚"。2500多年前,儒家圣贤孔子也曾说"述而不作,信而好古"。这显然只是两位学富五斗之"大先生"的自谦之语,反映着他们严谨、苛求于己的治学态度,也反映着他们"述作自由"的治学环境。

然而,时过境迁,如今已非是"酒香不怕巷子深"的时代,无论如何都需各种形式的"鼓噪呐喊",方能显出或有或无的价值。生不逢时,如我既无滚滚而续的才思之源,又乏孜孜不倦的后发之力,常常只能仰止那滔滔不绝的述者、洋洋洒洒的作者而扼腕叹息。

时代的要求,机构的呼唤,令我无理由安然于自谦也好,自责也好,自愧也好等等的状态之中,非要拿出使命必达的勇敢,去满足"生存"和"升活"无法回避的刚需不可。于是,只好"上下而求索"曾经苦苦求知的生涩年月,居然搜索到了若干"生涩果",即为付梓并奉献于此的本卷。

发展的时代需要与时俱进不落伍,改革的年代需要勇创未来劈新域:温习本卷中,恍然再悟以自勉。

作者 谨识于长春·静远斋
二零二零年 三月